中公文庫

新装版

赤　猫　始　末

闕所物奉行 裏帳合（三）

上田秀人

中央公論新社

目次

本書は中央公論新社より二〇一〇年に刊行された作品の新装版です。

赤猫始末

闕所物奉行　裏帳合㈢

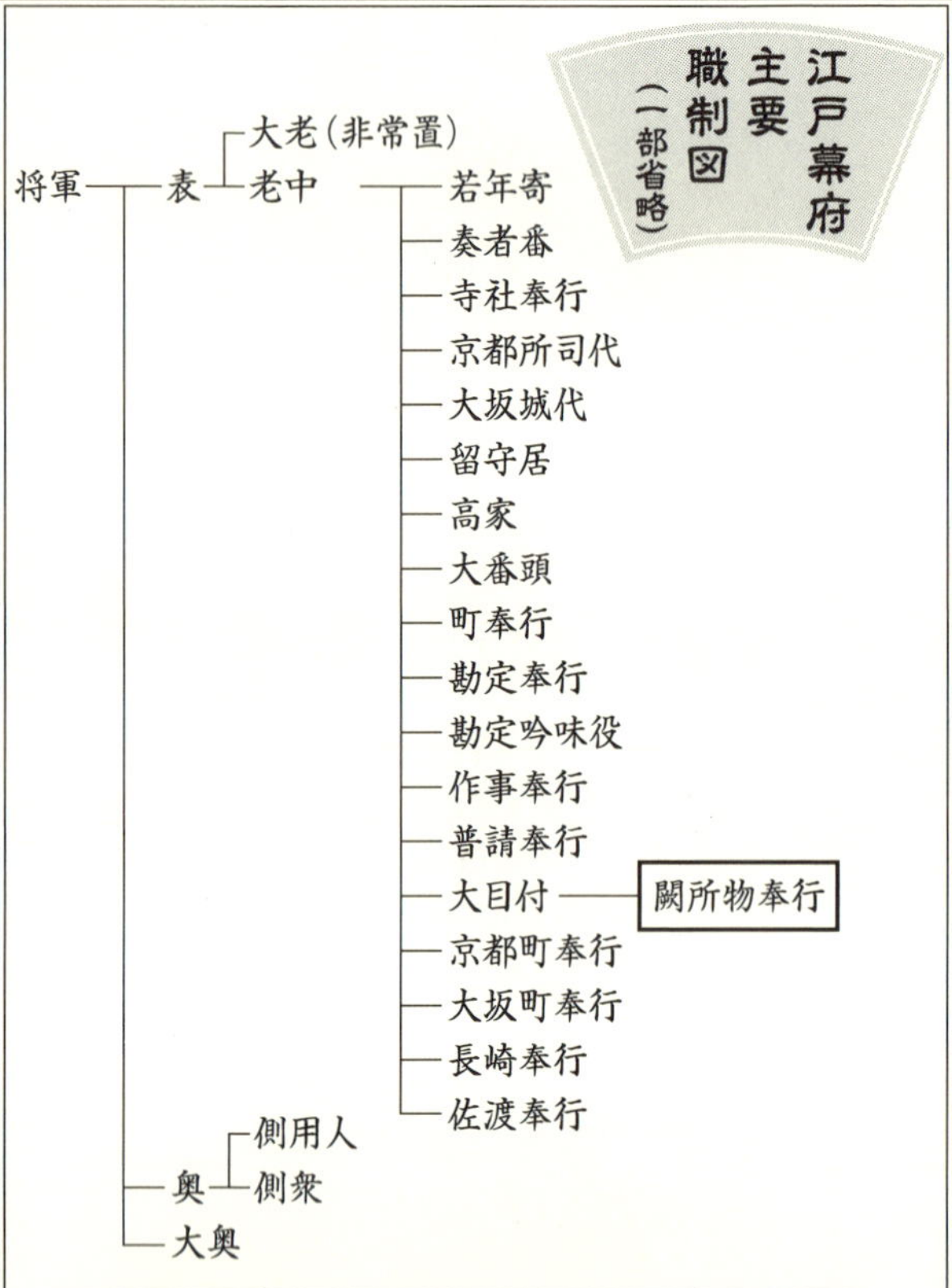

闕所物奉行（けっしょものぶぎょう）

死罪や重追放などの刑に付加される闕所（財産没収）の手続き一切を取りしきる奉行。大目付の支配を受ける。

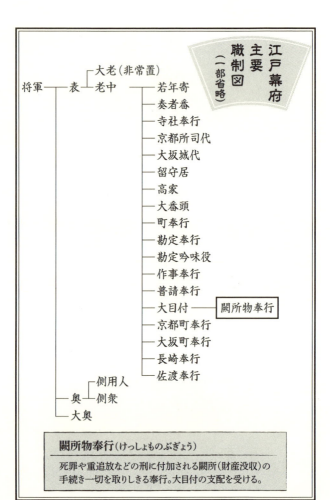

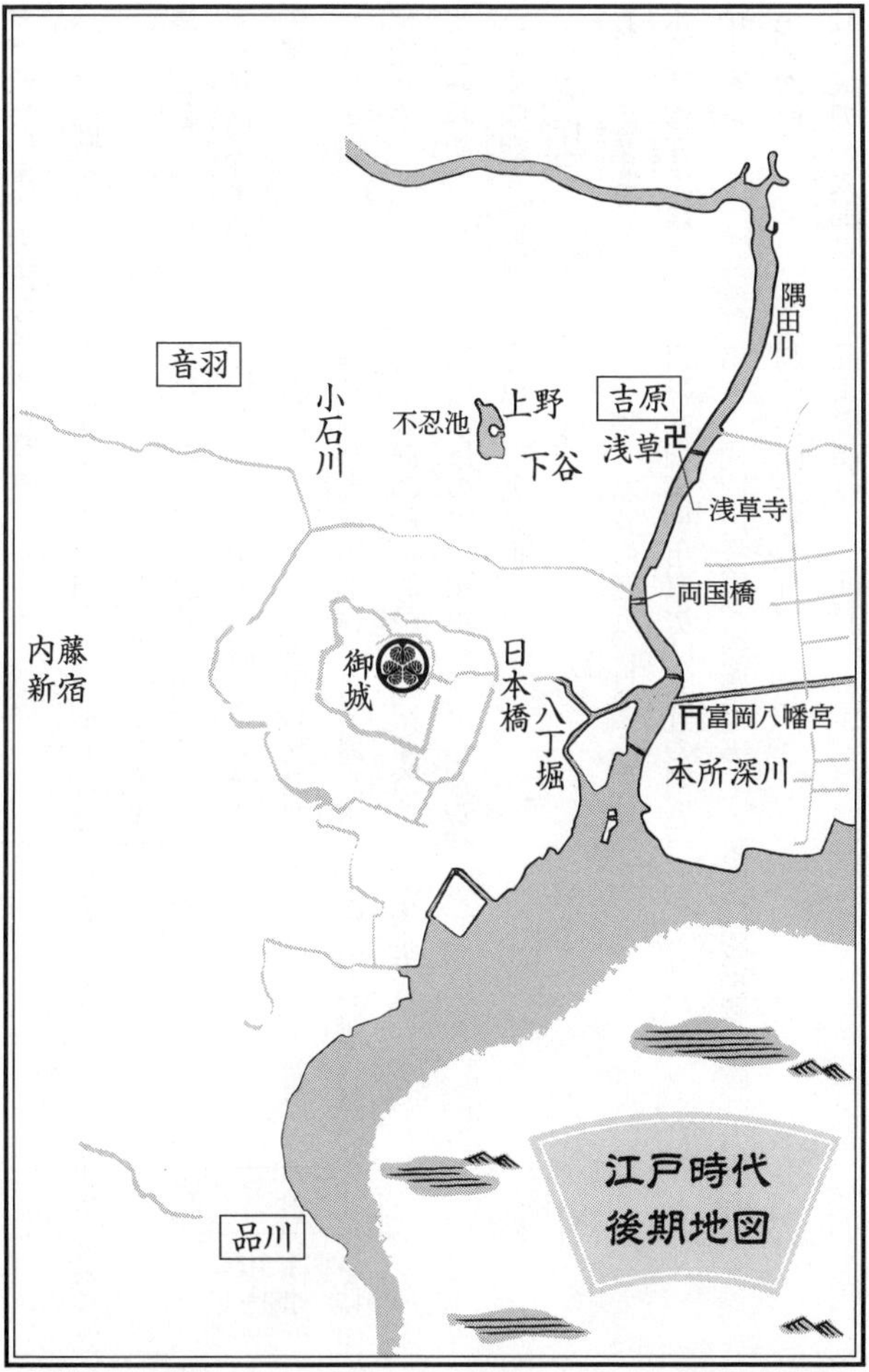
江戸時代
後期地図
音羽
小石川
不忍池
上野
下谷
吉原
浅草
浅草寺
隅田川
両国橋
内藤新宿
御城
日本橋
八丁堀
富岡八幡宮
本所深川
品川

▼『赤猫始末』の主な登場人物▲

榊《さかき》扇《せん》太郎《たろう》　先祖代々の貧乏御家人。小人目付より鳥居耀蔵の引きで闕所物奉行に昇進。深川安宅町の屋敷にて業務をおこなう。

鳥居《とりい》耀蔵《ようぞう》　目付。老中水野忠邦の側近で、洋学を嫌い、町奉行の座を狙う。

水野《みずの》越前守《えちぜんのかみ》忠邦《ただくに》　浜松藩主。老中で、勝手掛を兼ねる。

朱鷺《とき》　音羽桜木町遊郭、尾張屋の元遊女。もとは百八十石旗本の娘、伊津。

天満屋《てんまや》孝吉《こうきち》　浅草寺門前町の顔役。古着屋を営む。闕所で競売物品の入札権を持つ。

稲垣《いながき》良栄《よしえ》　榊扇太郎の剣術師範。庄田新陰流の道場主。

水屋《みずや》藤兵衛《とうべえ》　船宿水屋の主。深川一帯をしきる。

三浦屋《みうらや》四朗左衛門《しろうざえもん》　吉原一の名見世主。

山科《やましな》美作守《みまさかのかみ》　大目付。

林《はやし》肥後守《ひごのかみ》忠英《ただふさ》　若年寄。家斉の側近。貝淵藩主。

水野《みずの》美濃守《みののかみ》忠篤《ただあつ》　西の丸御側御用取次。家斉の側近。

徳川《とくがわ》家斉《いえなり》　第十一代徳川将軍。現在は実子・家慶に将軍職を譲り大御所。

毛利《もうり》次郎《じろう》　刺客集団矢組の首領。

狂《くる》い犬《いぬ》の一太郎《いちたろう》　品川の顔役。

第一章　不審火

一

竹を縦に割くような音が、本所緑町に響いた。

「火事だあ」

十日ほど雨が降っていないことも災いし、たちまち火は広がった。

寝入りばなであったことが、被害に拍車をかけた。

火消しの出動にわずかな遅れが生じた。

「一丁目だけで押さえこめ」

火消し頭《がしら》が叫んだ。

緑町は、本所深川火消し十六組のうち、北に属する十一組の担当であった。百人をこす火消し人足を抱え、火事の対応にも慣れた十一組であったが、武家屋敷と町人の家が混在する緑町に苦闘を強いられていた。

「門を、門を開けておくんなせえ」

火元と見られる屋敷の門を火消しが叩《たた》いた。

「当家で火など出ておらぬ」

応対に出た武家が、冷たくあしらった。

表門が開かれるか、焼け落ちるかしないかぎり、町火消しは武家の火事にかかわることが許されていなかった。

「しかし、旦那。あのように煙があがっておりやす」

火消しが食い下がった。

「あれはたき火じゃ。昨日庭を掃除して集めた木の葉や枯れ枝を焼いておる」

武家が、しらを切った。

「旦那、お願えしやす。ここで止めないと、火が二丁目までいってしまいやす」

「くどい」

泣くような火消しの頼みも、一言で武家は拒絶した。

武家には絶対に妥協できない理由があった。

失火は旗本御家人にとって重罪なのだ。火を出せば、お役ご免となって小普請組《こぶしんぐみ》へと落とされるのが通例で、延焼の状況次第では改易《かいえき》もあり得た。大名が三度失火して、ご府内《ふない》から遠方への屋敷替えですむのに比べ、ずいぶんと重い。これは、将軍の城下町をその家臣である旗本御家人が傷つけることへの処罰が加わるからであった。

取り潰されなくとも小普請入りは確実になる。小普請とは旗本御家人で役付でない者のことだが、懲罰の二文字をあてるほど厳しい扱いであった。

当然、一度小普請に落とされた者が、ふたたび浮かび上がることはまずなく、旗本御家人としては死んだに等しい。

武家が必死に抗弁するのも当然であった。

「くそお。この石頭が」

あきらめた火消しが、門前を去っていった。

「辻向こうの町屋を壊せ。なんとしてでも一丁目だけで、火を止めるぞ」

「おう」

手鉤《てがき》をもった火消し人足が駆けだした。

十一組は手押しで水をかける竜吐水《りゅうどすい》を二つ持っていたが、まさに焼け石に水である。水で火を消せないとなれば、燃えるものをなくして勢いを衰えさせるしかない。

「家が、家があ」

まだ焼けてない住み処《か》を無情にも潰される庶民が悲鳴をあげた。

「邪魔だ、どけ」

逃げ惑う庶民を突き飛ばして、鬼の形相となった火消したちが次々と家を壊していった。

しかし、初動の遅れは取り戻せず、火は一丁目だけでなく二丁目まで焼きつくし、ようやく朝方鎮火した。

「くそっ。あそこで止められていれば」

焼け残った柱に手鉤を打ちこんだ火消しが、振り返った。

「ふん、自業自得だ」

吐き捨てるように火消しの頭が言った。

「あああ」

灰燼《かいじん》と帰した屋敷を前に、初老の武家が膝をついた。

体面のために、火消しを拒んだ武家の屋敷も、焼け落ちていた。

数日後、今度は江戸城に近い八丁堀《はっちょうぼり》で火が出た。

百組の出動が早かったこともあり、本所ほどの被害はでなかった。とはいえ、武家屋敷がいくつかと、町屋が十数軒焼け落ちた。

「臨場する」

当番目付《めつけ》だった鳥居耀蔵《とりいようぞう》が、八丁堀の火事場へと出向いた。

幕府の規範と呼ばれる目付の任には、旗本の監察、城中礼儀礼法の監視のほか、火事場の検証もあった。役高千石、役料五百俵、布衣《ほい》格で、直接将軍と話をする権を与えられた目付は厳格で知られ、百万石の前田家はもちろん、御三家でさえ遠慮するだけの力を持っていた。

「見事に焼けたな」

門があったであろうところに立った鳥居耀蔵があたりを見回した。

「火元はここか」

脇に控えていた小人目付《こびとめつけ》へ、鳥居耀蔵が問うた。

「そのように聞いておりまする」

小人目付が答えた。小人目付は十五俵一人扶持《ぶち》で、目付が江戸城から出るときの供をした。

「誰の屋敷だ」

「お旗本青木一馬《おうぎかずま》さまでございまする」

「青木……西の丸留守居のか」

「はい」

鳥居耀蔵の確認に小人目付が首肯した。

西の丸留守居は、大御所《おおごしょ》徳川家斉《いえなり》の住む西の丸を監督した。

「大御所家斉さまのお気に入りか」

小さくつぶやいて、鳥居耀蔵が焼け跡の検分に入った。

「町奉行所の者はおるか」

幕府の制度上、火災の被害にも管轄があった。武家屋敷は目付、町人家作については町奉行、寺社においては寺社奉行と分かれていた。もっとも現実は、最も人手の多い町奉行所が実務を担当していた。

「呼んでまいりましょう」

すぐに小人目付が、壮年の町同心《どうしん》を連れてきた。

「南町奉行所同心、多田谷源太《たたやげんた》でございまする」

多田谷が、深く腰を曲げた。

「目付鳥居耀蔵だ。ちと訊《き》きたいが、出火場所はどこじゃ」

「火消しどもによりまするど……」

歩きながら多田谷が、屋敷跡の片隅を指さした。

「台所付近ではないかと」

「ふむ。となれば、失火か」

「と思われまするが……」

「なんじゃ」

口ごもった多田谷へ、鳥居耀蔵が問うた。

「竈《かまど》があそこに燃え残っておりまする。しかし、もっとも焼けているのは、この壁際」

「火のないところだと。……付け火だと言うか」

「確実だとは申せませぬ」

小さく多田谷が首を振った。

「何が足らぬ」

「油のにおいがしませせぬ」

多田谷が述べた。

「付け火するには、油を撒《ま》くのが手っ取り早ようございまする。事実、付け火のほとんどが、油を使っておりまする」

「それがないというのだな」

鳥居耀蔵が念を押した。

「はい」

首肯してから、多田谷が周囲へ目を配った。

「人払いが入り用か」

「お願いいたしまする」

多田谷が頭を下げた。

「あたりを見回ってこい」

付いていた小人目付を、鳥居耀蔵は遠ざけた。

「申せ」

短く鳥居耀蔵が命じた。

「油のにおいがいたしませぬ代わりに、火薬の……」

いっそう声を潜めて多田谷が告げた。

「火薬だと」

鳥居耀蔵が鼻を動かした。

「わからぬぞ。焦げ臭いだけだ」

「慣れねばわかりませぬ」

多田谷がほほえんだ。

「そなたにはわかるのだな」

「臨時回りでございますれば」

誇らしげに多田谷が胸を張った。

町奉行所の花形といえば、回り方同心である。なかでも隠密《おんみつ》回り、臨時回り、定町《じょうまち》回りは三回りといわれ、別格扱いをされていた。

臨時回りは定町回りを勤めあげた手練《てだれ》の同心からとくに選ばれて、任じられたもので、南北にわずか二人ずつ合わせても四人しかいなかった。

「なるほどの」

鳥居耀蔵が納得した。

「しかし、火薬を使ってとなれば、大きな音がするはずじゃ。近隣の者どもが、その音を聞いておるのではないか」

「火薬にほんの少し湿りを与えておけば、爆発はせず、ゆっくりと煙をあげて燃えるのでございまする。側《そば》に布か紙でも置いておけば、十分火種となりまする」

「湿気《しけ》た火薬か。そこらの火付けどもの思いつくことではないな」

「はい」

多田谷が首肯した。

「……多田谷と申したな。覚えておくぞ」

さっと袴《はかま》の裾を翻して鳥居耀蔵が背を向けた。

二

本所深川は徳川家康の江戸入府とともに開発された。湿地帯であったところへ、水路を多く作って水を流し、杭《くい》を打って固めたなかを埋め立てた。

深川が発展したのは、三代将軍家光《いえみつ》が、ここへ富岡《とみおか》八幡宮を勧進したことによった。武の神として、徳川家の厚い庇護《ひご》を受けた富岡八幡宮の前に門前町ができ、人が寄り始めた。続いて水路を利用することを思いついた材木商たちによって木場《きば》ができ、人の流れが加速した。やがて拡大を続ける江戸城下に飲みこまれた本所深川は、町屋だけでなく、旗本御家人の屋敷が続々と建ち、五代将軍綱吉《つなよし》のころにほぼ現在と同じ状態になった。

「お暑うございますな」

汗を拭きながら、天満屋孝吉《てんまやこうきち》が顔を出した。

「真夏の昼に出歩くとは、達者だな」

迎えたのは、闕所物奉行《けっしょものぶぎょう》榊扇太郎《さかきせんたろう》であった。闕所がなければすることのない、幕府でもっとも暇な奉行である扇太郎は、朝から屋敷の居間でごろ寝をしていた。

「どうぞ」

起きあがった扇太郎と天満屋孝吉の前に、朱鷺《とき》が麦湯を置いた。

「馳走《ちそう》になりまする」

天満屋孝吉が茶碗に口をつけた。

「よろしゅうございますなあ」

「なにがだ」

同じく麦湯を飲みながら、扇太郎が問うた。

「夏に涼しきもの。一に風鈴、二に夕立、三に色白の女《おんな》」

天満屋孝吉が、朱鷺を指さした。

「雪のように白い女《おなご》ならば、閨《ねや》で抱いても心地よろしゅうございましょう」

笑いながら天満屋孝吉がからかった。

「ふん。色が白かろうが黒かろうが、一緒に寝てると暑い」

すっと扇太郎は、切り返した。

「お奉行さまも言われるようになられましたな」

感心したように天満屋孝吉がうなずいた。

「子供じゃねえぞ」

扇太郎は、苦笑した。

「で、どうした。闕所はないぞ」

天満屋孝吉来訪の意図を扇太郎は訊《き》いた。

闕所とは、すべての財産を取りあげる刑のことだ。死罪や重《じゅう》追放などに付加されるもので、単体で科せられることはなかったが、家屋敷はもとより、罪によっては家財まで収公された。

収公された財産は、競《せ》り売りにかけられたあと、幕府勘定方へ納められ、江戸市中の道、橋など、通行にかんする補修の費用として使われた。

この手続きいっさいをおこなうのが、闕所物奉行の役目であり、天満屋孝吉は入札に参加する権利をもった古着屋であった。

「ございませんか」

「続けて、闕所があってたまるか」

闕所がつく罪は、主《しゅう》殺し、人殺し、火付け、人身売買など重いものばかりである。幕府の足下である江戸では滅多になかった。

「それに近江屋《おうみや》の闕所の金がまだあるからな」

金がある間は動きたくないと扇太郎は言った。

近江屋とは浅草にあった江戸でも一、二を争う小間物問屋であった。寛政の治と讃《たた》えられた松平越中守定信《まつだいらえっちゅうのかみさだのぶ》の出した諸事倹約令に今さらに引っかかり、重追放の上、闕所となった。その闕所を担当した扇太郎は、競売主となった天満屋孝吉から、付け届けの金を受け取っていた。

近江屋ほどの身代は、競売してもかなりの金額となり、扇太郎も百両近い金を手にしていた。八十俵の御家人にしてみれば、百両は一年の禄よりも多いのだ。扇太郎が、当分小遣い銭に苦労することはなかった。

「お奉行さまはよろしゅうございましょう。なにせ、抱えているのは女一人でございますからな。わたくしは、そうはいきませぬ。配下だけで数十人の面倒を見ているのでございまする。金はいくらあっても足りませぬ」

大きく天満屋孝吉が嘆息した。

「己《おのれ》で背負ったものだろう。こっちにもってこられても困るぞ」

扇太郎は手を振った。

「そういえば、天満屋、お主の身内はどうなっておるのだ」

ふと扇太郎は気になった。

「身内と申しますると、女でございますか」

「女も含めて、親兄弟とか子供のことよ。まさか、天涯孤独じゃなかろう」

扇太郎は問うた。

「孫悟空《そんごくう》じゃございませんよ。わたくしとて木石から生まれたわけではございませぬ。あいにく両親はすでにこの世におりませぬが、弟が一人おりまする」

「弟か。どうしているのだ」

「小田原《おだわら》で商家の番頭をいたしております」

天満屋孝吉が答えた。

「江戸ではないのか」

「弟は堅気《かたぎ》でございますから」

淡々と天満屋孝吉が言った。

「……堅気か」

重く扇太郎は繰り返した。天満屋孝吉の言葉に隠された意味を扇太郎はくみ取った。天満屋孝吉は、弟を血なまぐさい渡世にかかわらせたくないために、江戸から離れた小田原へ移したと告げたと同時に、己の邪魔をさせないため遠ざけたと言ったのであった。

「女房子供もおらぬのか」

今の話で、扇太郎は、そう思った。

「……女房はおりませぬ。ですが、女はおりますよ。子供も二人」

あっさりと天満屋孝吉が明かした。

「もっとも、浅草には置いちゃいません。人質にされてはたまりませんので。子分でも知っているのは二人だけ」

江戸の町家をしきっているのが、顔役である。天満屋孝吉は数人しかいない顔役の一人で、浅草界隈《かいわい》を締めていた。

幕府の任命する町《ちょう》役人と違い、顔役には表立っての権は何もない。しかし、裏に回れば顔役には、大名にも及ばないだけの力と金がついて回った。とくに、江戸でも指折りの繁華な浅草寺《せんそうじ》の門前町を縄張りにする天満屋孝吉の手にしているものは多い。なんとか天満屋孝吉に成り代わってと考える者は、跡を絶たず、なんども縄張りを巡っての争いがあった。

「なるほど。手元には置いておけないと」

用心深いのも当然かと扇太郎は納得した。

「そういうことで」

麦湯を飲み干して、天満屋孝吉が首肯した。

「わたくしなどより、お奉行さまこそ、いいかげんにご新造《しんぞう》さまをお娶《めと》りなされなければ、なりますまい。跡継ぎがなければ、お家断絶でございましょう」

ちらと朱鷺を見ながら、天満屋孝吉が扇太郎へ言った。

「まあ、そのうちな」

扇太郎は口を濁した。

朱鷺が扇太郎のもとへ来て、数カ月になる。朱鷺の体調に障りないかぎり、身体《からだ》を重ねてもいる。情も移り、朱鷺がいるのが当たり前にはなっていた。

「恐れ入りまするが、もう一杯麦湯をちょうだいできませぬか」

空になった茶碗を、天満屋孝吉が朱鷺へと差し出した。

「……はい」

茶碗を受け取った朱鷺が、台所へと立っていった。

「何が言いたい」

朱鷺を遠ざけたと扇太郎は気づいていた。

「情が移られたようでございますな」

天満屋孝吉が扇太郎を見た。

「身体を重ねれば、そうなるのは当然。かといって妻として娶るのは難しい」

代弁するように天満屋孝吉が口にした。

「……………」

扇太郎はなにも言えなかった。

「やはり、岡場所で客を取っていたことがひっかかっておられるので……」

はっきりとしない扇太郎へ、天満屋孝吉が述べた。

「無理もございません。お武家さまは、体面だけで生きておられるようなものでございますからな。もっともお奉行さままで、そうだとは思いませんでしたが」

あきれた顔を天満屋孝吉がした。

「痛いことを言ってくれる」

苦く扇太郎はほほをゆがめた。

幕府が開かれて二百三十年をこえた。旗本はまだしも、喰うや喰わずの薄禄である御家人からすでに武士としての気概などは消え果てている。

それでも体面は残っていた。

なににおいても、武士は格式を重んじていた。八十俵には八十俵の、千石には千石の格があり、二百三十年変わることなく続いてきた。

生まれたときから、格だとか家の名前だとかを叩きこまれるのだ。こればかりは、どうしようもなかった。

「朱鷺が音羽桜木町《おとわさくらぎ》の遊女だったというのは、もう誰も知りませんよ。朱鷺のいた尾張《おわり》屋は闕所になりやしたし、あの見世《みせ》の男どもは主《あるじ》を含めて全員殺されやした」

天満屋孝吉の言葉は真実であった。

御三家水戸藩の一門、守山松平《もりやままつだいら》ともめた尾張屋は、幕府によって取り潰された。主は重追放となり、見世は闕所になった。だけではなかった。醜聞を気にした水戸藩によって、尾張屋にかかわった者は、遊女男衆ともに殺された。残っているのは、ただ朱鷺一人である。朱鷺も命を狙われたが、扇太郎によって防がれた。その後、水戸藩との間に手打ちがあり、朱鷺のことは問題でなくなっていた。

「それに桜木町の遊郭も、あのあと町奉行所の手入れで潰されましたゆえ」

江戸の遊郭は神君家康《いえやす》が唯一認めた、吉原《よしわら》だけと決まっていた。非公認の遊郭は、すべて違法であった。かといって、吉原だけでは、江戸の男たちの欲望を処理しきれないことは、町奉行所にもわかっている。岡場所や隠し売女などを、目こぼししていた。だが、それも表沙汰にならないかぎりである。音羽桜木町の岡場所は、守山藩相手にやりすぎたため、町奉行所の手入れを受け、潰されていた。といったところで、需要がなくなるわけではない。すぐに別の見世が立ちあがり、かつてと同じように岡場所は形成されていたが、人の入れ替わりもあり、朱鷺のことを知っている者は、ほとんどいなくなっていた。

「そっちの心配はしておらぬ」

扇太郎は首を振った。

男と女なのだ。身体を重ねれば、子ができることもある。さすがに子供ができれば、そのままというわけにはいかなかった。八十俵三人扶持とはいえ、先祖が命をかけて得た禄である。子々孫々と受け継いでいくのが、当主の義務であった。

旗本御家人の場合、子供が生まれてもすぐに届け出ることはしなかった。子供が育たず死んでしまうことが多いからである。届け出た子供が死んだ場合、旗本ならば目付、御家人ならば徒目付《かち》の検分を受けなければならなかった。

そこで何かあれば、家名に傷がつきかねない。

大名を始め、旗本御家人のほとんどは、子供があるていど育ち、もう大丈夫だなと思える七歳になってから届け出るようにしていた。

「問題は、お目付さまよ」

小さく扇太郎は嘆息した。

「鳥居さまでございまするか。ううむ。たしかに……」

聞いた天満屋孝吉も渋い顔をした。

目付鳥居耀蔵と扇太郎には浅からぬ縁があった。

もともと扇太郎は目付の配下小人目付の任にあった。江戸湾海防巡見に出る鳥居耀蔵の供となった扇太郎は、二カ月ほどの間で見こまれてしまった。

「儂《わし》は、将軍のお膝元、ご城下の治安を安寧とするのが任だと思っておる。江戸町奉行となるまで、儂に尽くせ。ついては、もっとも人の醜い部分を見ることになる闕所物奉行として、江戸の闇を知り尽くせ」

鳥居耀蔵の引きで、扇太郎は小人目付から闕所物奉行へと出世した。いわば、扇太郎は鳥居耀蔵の配下であった。

「お目付さまは、朱鷺のことを知っている。吾《われ》が黙って言うことを聞いている間はいいが、逆らったとき、かならず朱鷺のところを攻めてくる」

扇太郎は鳥居耀蔵のことを深く理解していた。

「やりかねませんな、あのお方ならば」

天満屋孝吉も同意した。

「おもしろいことはないか」

ちょうど新しい麦湯を持った朱鷺が戻ってきたこともあって、扇太郎は話題を変えた。

「本所の火事のことはご存じで」

すんなり天満屋孝吉ものってきた。

「ああ。あれか」

すぐに扇太郎も思いあたった。

本所緑町と扇太郎の屋敷がある深川安宅《あたけ》町は、そう近いわけでもないが、夜中に鳴らされた半鐘の音を聞き逃すほど離れてはいなかった。

「二丁ほど焼いたそうじゃないか」

この暑いなか火事場見物にいくほどの物好きではない扇太郎は、手代たちの噂《うわさ》を聞いたぐらいであった。

「見事に丸焼けで」

「そうか」

扇太郎は興味のない声で答えた。

「八丁堀の火事はご存じで」

「知らぬ」

あっさりと扇太郎は首を振った。

手の届くところで火事があったのだ、川を渡って向こうの話など、わざわざすることなどなかった。

「いけませんな。お奉行さま。火事が火付けであったならば、磔《はりつけ》火あぶりでございますよ。当然闕所も含まれまする。お奉行さまにかかわりがないわけではございません」

天満屋孝吉がたしなめた。

「吾に回ってくるとはかぎるまい」

闕所物奉行は、現在二人いた。輪番制で闕所を担当する慣例であり、近江屋を担当したばかりの扇太郎ではなく、同役の土屋《つちや》が出張るはずであった。

「本所と八丁堀、二軒ございましょうに」

「二カ所とも付け火だとでもいうのか。冗談じゃない。付け火は有無を言わせず、火あぶりだぞ。そう簡単にできることじゃない」

幕府の決めた法は絶対であった。どのような理由が存在しようとも、十両盗めば首が飛び、主殺しは鋸引《のこび》きと決まっていた。そのなかでも放火ほど重い罪はなかった。火事の被害がどうであろうとも、付け火は大罪として裁かれた。

「同じ者がやったとはかぎりますまい」

ゆっくりと天満屋孝吉が述べた。

「ふむ」

言われて扇太郎は思案した。

「本所で焼けたのは、旗本屋敷だったか」

手代たちがそう噂していたのを扇太郎は思い出した。

「火元は六百石取りのお旗本で」

天満屋孝吉が首肯した。

「六百石。緑町でそれだけの格といえば、西の丸お小納戸《こなんど》頭取《とうどり》の水島《みずしま》さまか」

「さすがにご存じで」

「難しい相手ぞ。西の丸お小納戸は、大御所家斉さまのお側近くに仕えている。町奉行所はもちろん、目付でもそう簡単に手出しのできる相手ではない」

毎日家斉の身の回りの世話をするのだ。言葉も交わせば、名前も覚えてもらっている。いるかどうかさえ気にもしてもらえない扇太郎とは立場が違う。

「……しかし、お目付さまは手出しをなさる」

はっきりと天満屋孝吉が言った。

「するな」

扇太郎も同意した。

「そして、お奉行さまが巻きこまれると」

「言うな」

大きく扇太郎は息を吐いた。

三

天満屋孝吉と連れだって、扇太郎は緑町の焼け跡へ出向いた。鳥居耀蔵から話が来たとき、なにも知らなかったでは、とおらないと気づいたからである。

鳥居耀蔵が扇太郎を配下としているのは、仕事ができるからであった。鳥居耀蔵にとって、役に立たない者は、不要なのだ。

遣えないからといって、捨て去るだけですませないのが鳥居耀蔵であった。鳥居耀蔵は、町奉行となるためにあらゆる手段を行使していた。なかには、表に出せないようなこともある。鳥居耀蔵は高野長英《たかのちょうえい》らの名前を騙《かた》って幕府転覆の連判状を偽造したこともあった。高野長英の闕所を担当した扇太郎は当然そのことを知っている。

いわば鳥居耀蔵の命を握っているに等しい。そんな扇太郎を黙って見逃すようでは、とても町奉行などつとまるはずもない。

確実に鳥居耀蔵は、扇太郎の命を奪いに来る。また、それだけの権力を目付は持っていた。ただ、扇太郎が遣える間は、道具として生かしておいているだけであった。

「もう普請《ふしん》にかかっているのか。町人は元気なものだ」

すでに何軒かの町屋は、焼け跡を片付け、新しい家屋の建築に取りかかっていた。

「商家は、火事を想定して、材木を手当てしておりますから。それに家も前と同じものを建てますので、棟梁《とうりょう》たちも慣れておりまする」

天満屋孝吉が説明した。

「それに比して武家は……」

焼け跡を掘り返して、貴重なものを探している姿は散見されるが、家屋の建て直し、焼け跡の片付けはまったく始められていなかった。

「まあ、旗本の屋敷はすべて御上《おかみ》からの借りもの。勝手に建て直すことなどは許されていないが……」

自前で町屋の土地を買い取り、家を建てたならば己のものとできるが、正式な住居となる屋敷は、すべて幕府のものであった。

旗本や御家人は、そこに住まわせてもらっているだけで、幕府から移れと言われれば、すぐに立ち退《の》かなければならなかった。

「老中からお許しが出て、勘定方が予算を組み、普請奉行へ命《めい》が降りるまで、屋敷はこのまま放置するしかないとはいえ、あまりと言えばあまりよな」

周囲の町屋との差に、扇太郎は驚いていた。

「お奉行さま」

天満屋孝吉が声をかけてきた。

「ああ」

焼け跡から目を離して扇太郎は、天満屋孝吉を見た。

「こちらの家が火元で……」

あたりを天満屋孝吉が気にした。

「これじゃあ、闕所物奉行の出番はないな。なにもかも灰になってしまっている。いくら竈の灰まで闕所の対象とはいえ、焼け焦げた材木や割れた瓦《かわら》なんぞ、一文にもなりゃしねえぞ」

扇太郎は首をすくめた。

「火消し人足に聞いたのでございますが、もっとも燃えた台所あたりに火薬のにおいがしていたとか」

やる気のなくなった扇太郎を尻目に、天満屋孝吉が話を続けた。

「火薬だと。この焦げ臭いにおいのなかでとなれば、相当な量だろう」

「はい。柄杓《ひしゃく》一杯くらいはあったのじゃないかと、火消しが申しておりました」

顔役の力は、町奉行所よりも強い。縄張りの外でありながら、火消しから秘密を聞き出していた。

「かなりの量だな。だが、爆発したような音を聞いた覚えがない」

火事で半鐘が鳴り続けていたのだ、眠ることなどできるはずもない。扇太郎は朱鷺と二人で朝方まで、騒動の音を耳にしながら過ごした。

「湿気ていると、音はしないそうでございますよ」

「そんな火薬が燃えるのか」

「そこまではちょっと」

さすがの天満屋孝吉も首をかしげた。

「しかし、火薬を赤猫《あかねこ》に使うとは」

焼け跡を見ながら天満屋孝吉が口にした。

「赤猫……なんのことだ」

聞き慣れぬ言葉だと扇太郎は問うた。

「ご存じないのも当然でございますな。赤猫とは火付けの隠語でございまする。火が赤い猫が舞うようにも見えることからこう言うようになったと言いまするが、その実は……」

「実はなんだ」

扇太郎は首をかしげた。

「他人の家に火をつけるのに、もっともいいとされるのが猫でございましてな。猫に油をかけ、火をつけてのち、目標の家へ投げこむので。熱さに苦しんだ猫が、のたうち回ることで、火を家中へ回すという、その姿が赤い猫に見えるという残酷なもののことで」

「……人のすることではないな」

苦い顔で扇太郎は吐き捨てた。

「まあ、火付けの手だてを探るのは、町奉行所の仕事だが、ちょっと気になるな」

余計なことに口を出すつもりはないと言いながらも、扇太郎は興味を持った。

「ついてくるか」

天満屋孝吉を連れて、扇太郎は隣家を訪ねた。

「珍しいな」

訪れの声に応じたのは、初老の御家人であった。

「ご無沙汰しておりまする」

扇太郎は軽く頭を下げた。

榊家の隣は、五十俵二人扶持の林原市介《はやしばらいちすけ》であった。林原家は、元幕府鉄炮組の同心頭だったが、勤めのことで不始末をおかし、役目を解かれ、深川へ移されていた。

「ちとお伺いしたきことが」

身分からいけば、わずかに扇太郎が上である。だが、扇太郎は質問のために来たということもあって、ていねいな口調であった。

「火薬とは湿気ていても燃えるものでござろうか」

「湿気の度合いにもよるな。完全な水浸しとなれば、火もつかぬ。少しくらいならば、もともと燃えやすい材料なのだ。煙を出して燃える。もっとも鉄炮を撃つほどの爆発は、せぬがな」

「爆発しないていどの湿気を与えた火薬は、木を燃やすことができましょうか」

天満屋孝吉が口をはさんだ。

「なんだ、おまえは」

林原の目が厳しくなった。

「ご挨拶が遅れました。浅草で古着屋を営んでおります、天満屋と申しまする。以後お見知りおかれてよろしくお願いします」

頭を下げながら天満屋孝吉は素早く懐から紙入れを取り出して、一分金を林原の足下へ置いた。

「ほう。おぬしが浅草の親方か。それは、こちらこそお見それした」

急に林原の態度が変わった。

「質問のことだが、火薬を湿気させたことなどないのでな。わかりかねる」

林原の返答は、当然であった。

「それに鉄炮組は、戦場で撃つのが任。火薬などの保管や維持は、玉薬《たまぐすり》奉行どのが担当されておる」

幕府の役職は、数を増やすために細分されていた。鉄炮を撃つのだから、その弾と火薬も鉄炮組に預けるべきなのを、わざと玉薬奉行などを作って、担当を分けていた。

たしかに、こうすることで役目に就く者の数は増えるが、何かをするには、一々相手の許可を必要とすることになり、とっさの動きに悪影響を及ぼしていた。

「それはそうでござるな。お邪魔した」

扇太郎は、林原家を辞去した。

「火薬を爆発させずに、燃やすか。素人のできることじゃないな」

「でございますな」

天満屋孝吉もうなずいた。

「まあ、そのあたりはどうでもいい。闕所となる財物さえ燃えてしまったのだ。かかわることもないだろう」

気になったから林原家で話を訊いただけと、扇太郎は首を振った。

「やれやれ、金にはなりませんか」

　骨折り損だったと、天満屋孝吉がぼやいた。

　闕所物奉行は持ち高勤めで、役料などはいっさいない。もちろん、奉行所も用意されないので、己の屋敷の一部を役所として使用することになる。

「早いな」

　扇太郎が役所に顔を出したとき、配下の手代《てだい》たちはすでに集まっていた。

　闕所物奉行の手代は、二十俵二人扶持と貧乏を絵に描いたような薄禄である。二十俵二人扶持は、米の相場で多少増減するとはいえ、年におよそ十両ほどである。大工や人足の日当が四百文、年になおせば、三十両ほどになるのに比しても、どれだけ少ないかわかる。町方同心のような付け届けが来ることもない。手代たちは、闕所物奉行に渡された上納金のおこぼれで生きているようなものであった。

　扇太郎は先だって天満屋孝吉から渡された金を二分し、半分を手代たちへ渡していた。これをやらないと手代たちが動かなくなり、闕所に伴う膨大な書類の処理が滞ることになる。闕所物奉行が複数居る場合、一つの案件を終わらせ、勘定奉行へ競売の金を納めないかぎり、次に手出しすることはできないのだ。わずかな金を惜しんで、余得を失う。それこそ己の首を絞める行為であった。

かといって闕所がそうそうあるわけでもない。手代たちも一つの案件を終わらせてしまうと、することもなく、日がな一日役所で無駄話をするだけとなった。

「お奉行さま、火事を出した水島さまはどうなるのでございましょう」

手代の古株、大潟《おおがた》が話題を振った。

「水島どのは、大御所家斉さまのお気に入りだ。失火は大罪であるが、お咎《とが》めなしで終わるだろうよ」

火事にかんする幕法の規定はない。家斉の口添えがあれば、やりようはいくらでもあった。

「やはりそうなりましょうか」

「それに、付け火らしい」

「えっ」

「それは……」

扇太郎の言葉に、手代たちがいっせいに反応した。

「確認したわけではないぞ。ただ、そうじゃないかと火消し人足たちが噂している」

詳細を告げず、扇太郎は述べた。

「付け火となれば、水島さまへのおとがめは、なくなりますな」

「のはずだ。ただ、表門を焼いてしまっているからな。十日ほどの出仕停止くらいはあるだろうが」

貸し与えられた屋敷ではあったが、武家にとって城と同じであった。表門を焼くのは、落城と同じ恥辱として扱われた。

「闕所にはなりませぬか」

手代のなかでもっとも経験の浅い若林《わかばやし》が、嘆息した。

「まだ近江屋の金が残っているだろうが」

「貯まっていた父の薬代を支払ったので、もうわずかしか……」

若林が顔を伏せた。

「そうだったな。おぬしの父御は、寝付いておられるのであったな」

気づかぬことを言ったと、扇太郎は詫《わ》びた。

「金はなければないで、どうにかなるわりに、あればすぐに使ってしまいますな」

大潟が、話を引き取って雰囲気を変えようとした。

「つい気が大きくなって、先日も日頃なら手の届かない鰹《かつお》を一本まるまる買ってしまいました」

「初鰹の時期は過ぎましたが、まだ高いではございませぬか」

顔を上げた若林が目をむいた。

初鰹は江戸の風物である。毎年青葉のころにあがってくる鰹を初鰹として尊び、争うようにして購入した。普段、一尾買ったところで数百文の鰹が、五月と六月だけ数倍の値段に跳ねあがった。

「今年は、鰹があまり獲れぬとかで、例年以上に高いではないか」

扇太郎が口を挟んだ。

「お奉行さまは、まだ……」

「うむ。まだ、口にしていない」

正直に扇太郎は答えた。

「少し時期がずれたので安くなったようだが、五月は片身で二分などとぬかしておったでな」

扇太郎が首を振った。

二分は一両の半分である。一両あれば一家四人が一カ月余裕で暮らせることを考えれば、鰹半身に二分は法外な値段であった。

「さすがに、今は一尾で一分ぐらいまで下がりましたぞ」

大潟の手代が告げた。

「それくらいなら払ってもいいが……同じだけ払えば、料理茶屋で飲み食いができるかと思えば……」

「いけませんな、お奉行さま」

乗り気にならない扇太郎を、大潟がたしなめた。

「初鰹は、江戸の風物でございますぞ。高いとわかっていても買う。これが、江戸の気風でございまする。料理茶屋の支払いと比べられるなど」

大潟が首を振った。

「待て待て」

手で扇太郎は大潟を制した。

「おぬしたちのところは、皆家族が多かろう。大潟、そなたのところは何人だ」

「六人でございまする」

「であろう。それだけいれば、鰹を一尾買ったところで、すぐに食べてしまえるだろうが、吾の家は二人なのだ。一尾どころか半身を片付けるのも大変だぞ。食べきれなかったら、この陽気だ。すぐに傷むであろう。もったいないではないか」

扇太郎は言いわけをした。

「…………」

手代たちの目が扇太郎に集まった。

「なんだ」

思わず扇太郎は、腰を引いた。

「ときどきお奉行は、年寄りのようなことをおっしゃいますな」

初老の手代が言った。

「本所深川の御家人とは思えませぬ。その堅実な考えは」

大潟が続けた。

「金の苦労なら、嫌というほどしておるからな。それは、おぬしたちも同じであろうが」

八十俵の御家人でございといったところで、足軽に毛の生えたような軽い身分なのだ。先祖ががんばったおかげで得たとはいえ、三河《みかわ》以来の家柄としては、珍しいほど少なかった。

徳川に仕える旗本御家人だけでなく、諸藩の藩士たちも先祖代々の禄で生きていた。戦場で敵の首を取り、立てた手柄が家禄となる。それは戦がないと禄が増えないということでもあった。

最後の戦である大坂夏の陣から二百二十年余り、泰平で命の心配をしなくてよくなった代わりに、禄を増やす機会をなくした。

極端な話、二百二十年以上、武士たちの収入は増えなかった。もちろん、役目について出世した者もいるが、少数であった。ほとんどの武士は、戦国以来変わらない禄を収入のすべてとしていた。

泰平の罪は、武士から収入増の手段を奪っただけではなかった。世の平穏は、先の心配をなくした。明日殺され、家が焼かれると思えば、誰も金を貯めようなどとは思わない。使わないうちに死んでは意味がないのだ。だが、明日があると確信できれば、余った分は貯めようとする。蓄えは生活の余裕である。その余裕は、欲しいものを増やし、需要と供給の平衡をゆがませた。

そう、物価の上昇である。

幕府ができてからものの値段は数倍になったのに、いっこうに増えない家禄。商いを卑しいとしてさげすむ武家は、変わっていく世のなかについて行けず、収入の目減りへ対応できなかった。

「うちは、じいさん、父と二代にわたって、小普請だったからな。禄なんぞ三年先まで質に入っていた」

家督を継いだ扇太郎が、まず驚いたのは、御家人の身分を証明する給米切手を札差《ふださし》に差し押さえられていたことであった。

知行所を与えられている身分の高い旗本は別として、ほとんどの御家人は、毎年三回幕府から米を現物支給された。その元となるのが給米切手である。榊家は、それを借金の形《かた》として札差に取りあげられていたのだ。

「……………」

手代たちが沈黙した。

代々の継承が許される御家人と違い、手代は一代限りのお雇い入れであった。一代抱え席と呼ばれ、相続は許されない。

もちろん、そこには裏があった。手代は、役所の書類仕事を担う。

役所というのは、いつの時代も縦にはつながるが、横の連絡は良くない。権の重なる役ともなると、仇敵《きゅうてき》のごとく仲が悪いことも珍しくはなかった。交流がなければ、役所の慣習や慣例を教えあうことなどするはずもなく、逆に漏れてもわからないようややこしくする。当然、役目に就いたばかりの者には、なんのことやらわからないという状況となった。それを防ぐため、役所は一代抱えの手代、その跡継ぎを見習いとして勤務させ、仕事の内容を覚えさせるようにした。あとは、親が引退したあと、新規召し抱えという形で跡継ぎを手代にすれば、事務が滞ることはなくなる。一代抱え席とは名ばかりの世襲で、必ず役目に就くことが決まっていた。

家を継いだはいいが、無役の小普請組として放置される御家人よりはよほど不安がなかった。

「格下とわかっていても、役目に就かぬといつまで経《た》っても、借財は減らぬどころか、ふくれあがっていくだけ」

本来小人目付は、榊家の格からして、役不足であった。それでもないよりははるかにましなのだ。そこで鳥居耀蔵に目をつけられた。おかげで、ふさわしい格の闕所物奉行になることができた扇太郎は、まだ恵まれていた。

「暗い話になったな。することもないならば、今日は帰っていいぞ」

扇太郎は、立ちあがって奥へとひっこんだ。

四

奥で裃《かみしも》を脱いで、寝転がっていた扇太郎を若林が呼びに来た。

「大目付《おおめつけ》さまより、ご使者でございまする」

「なにっ、大目付さまだと」

あわてて扇太郎は起きあがった。

闕所物奉行は大目付の支配を受けるが、その任の特性から、江戸町奉行所との縁が深い。町奉行所の与力《よりき》から呼ばれることはあっても大目付から直接なにか言ってくることはまずなかった。

「闕所物奉行、榊扇太郎でござる」

役所で待つ使者の前で、扇太郎は頭を下げた。

「大目付、山科美作守《やましなみまさかのかみ》が家人、内藤《ないとう》と申しまする。闕所物奉行さまにおかれては、ただちに城中大目付下部屋までお出ましくださいますよう」

内藤が用件を伝えた。

「承知つかまつりました」

扇太郎は、急いで江戸城へと向かった。

大手御門を潜り、お納戸御門をあがれば、大目付の下部屋はすぐそこであった。下部屋とは、役職ごとに与えられる控え室のことで、登城した役人の着替え、昼食、休憩などに用いられた。

「榊にございまする」

下部屋の前で、扇太郎は両手をついた。

「入れ」

なかからの応答を待って、扇太郎は下部屋の襖《ふすま》を開いた。

大目付は、老中支配三千石高、殿中礼法の監察、諸大名の訴追、宗門改、鉄炮改を任とする。旗本の顕官であり、長く番方《ばんかた》の役目を勤めあげてきた名門旗本から選ばれた。実務はほとんど目付が担ったが、その権は江戸だけでなく諸国にまで及んだ。

八十俵の御家人からいわせれば、まさに雲上人であった。

「そなたが榊であるか」

顔をあげた扇太郎へ、山科美作守が言った。

「はっ」

就任の折に挨拶したが、山科美作守は扇太郎のことなど覚えてはいなかった。

「改易《かいえき》が出た」

「……改易」

聞いた扇太郎は息をのんだ。

改易とは、お家お取り潰しのことである。

「ついては、財物の引き渡しいっさいをいたすように」

山科美作守が命じた。

改易には私有財産の没収も含まれていた。

「承知いたしましてございまする。つきましては、改易となった者の名前をお教えくださいますように」

扇太郎は問うた。

改易は、武家籍の剝奪も意味していた。どれほど高禄の旗本であろうとも、改易されれば、庶民と同じ扱いとなり、扇太郎より身分は下になった。

「本所緑町水島外記《げき》じゃ」

「…………」

思わず扇太郎は息をのんだ。

「改易に伴う財産の没収は闕所に準ずる。用件は以上じゃ」

すっと山城美作守が、目を扇太郎より外した。去れとの合図であった。

「は、はっ」

動揺を押し隠しながら、扇太郎は大目付下部屋を後にした。

「西の丸お小納戸頭取が、改易……馬鹿な」

独り言を口にしながら、扇太郎は江戸城を下がった。

二年前の天保八年（一八三七）四月、将軍職を次男の家慶《いえよし》に譲り大御所となった家斉だったが、その権はまったく衰えていなかった。

いや、幕府はまだ家斉のもとにあるといってもまちがいではなかった。その家斉のお小納戸頭取が改易になった。

お小納戸とは、将軍あるいは大御所、世子の身の回りの世話をするのが任であった。朝の洗面から、夜の着替えまで、お小納戸が担当した。

当然、将軍や大御所と身近にふれあうことになり、会話することも多い。髪や衣服を整えさせるほど近づくのだ。お小納戸はお気に入りの家臣で固められていた。そのお小納戸が潰された。

「なにがあった」

扇太郎は首を振った。

役所に戻った扇太郎から、話を聞いた手代たちも言葉を失った。

「…………」

「そんな……」

大潟も若林も呆然《ぼうぜん》とした。

「役目ぞ。誰か、天満屋をここへ」

扇太郎に叱られて、ようやく吾を取り戻した若林が、駆け出していった。

「お呼びだそうで」

一刻《いっとき》（約二時間）ほどして、天満屋孝吉が顔を出した。

「聞いたか」

若林をちらと見ながら扇太郎は問うた。

「はい」

天満屋孝吉が首肯した。

顔役に求められるのは、力ではなかった。その場その場で最善の手を打てる臨機応変さこそ、顔役の値打ちであった。

刻々と変わる状況を十分に知り尽くしていないと、後手となる。顔役にとって何より大事なのが事情を知ることである。

若林へ金を握らせている天満屋孝吉が、水島の改易を扇太郎の口から聞く前に承知していて当然であった。

「担当されまするので」

うかがうような目つきで、天満屋孝吉が扇太郎の顔を見た。

「大目付さまより、直接の指示よ。断れるはずなどなかろう」

苦い顔で扇太郎は答えた。

「お目付さまにお願いして変えていただくわけには……」

「無理を言うな。先日、近江屋の一件をくれるように頼んだばかりだ。あの御仁《ごじん》に借りを作りすぎると必ず祟《たた》る」

鳥居耀蔵を頼れという天満屋孝吉へ、扇太郎は首を振った。

「降りてよろしゅうございましょうか」

天満屋孝吉が述べた。

「かまわぬが、二度とここへ来ることは許さぬ」

厳しい顔で扇太郎は告げた。闕所物奉行と入札の権利を持つ商人は一蓮托生《いちれんたくしょう》であった。儲《もう》けが出るように闕所物奉行は手を配し、商人は揚がりの一部を還元する。明文化されていない仲だけに、信頼がなによりであった。

「それは……」

縁を切ると断言された天満屋孝吉がうめいた。

「大御所さまのお気に入り、そんなお方の闕所にかかわるなど、ろくなことではございませぬよ」

「わかっておるわ」

扇太郎も苦渋の表情で言った。

家斉の権は、大きい。その近臣中の近臣であるお小納戸頭取が失火で罪になるはずはなかった。いや、もし水島が付け火の犯人だとしても、家斉の力をもってすれば、もみ消すなど、簡単なことであった。

「無事ですむとお思いではございませんでしょうな」

裏に何かややこしいものが潜んでいると天満屋孝吉が危惧を表した。

「そこまで抜けてはおらぬわ」

天満屋孝吉の懸念を扇太郎は否定した。

「命じられた以上、任は果たさねばならぬ。天満屋つきあえ」

「死なばもろともでございますか」

しぶしぶ天満屋孝吉が腰をあげた。


二人は、大目付より渡された水島外記の家譜を頼りに、まず避難している家族を捜した。

「たいがいの場合、奥方さまのご実家が避難場所となるのでございますがね」

「罪を得ての改易だからな。奥方の実家もなかなか引き受けまい」

「菩提寺《ぼだいじ》かも知れませぬ」

「うむ。代々のつきあいがあれば、火事での退避を拒むことはあるまい」

天満屋孝吉の意見に、扇太郎は同意した。

江戸での火事で焼け出された者は、そのほとんどが、親戚縁者を頼るか、寺で間借りするかのどちらかであった。

「菩提寺は……青山でございますか。けっこう離れておりまするな」

扇太郎から家譜を受け取った天満屋孝吉が歩みを速めた。

大目付に呼び出されたのが昼前であった。すでに、刻は夕に近かった。

「ああ。急ぐぞ」

若林に声をかけて、扇太郎も足に力を入れた。

青山に着いたとき、日は大きく傾いていた。

「ごめん。闕所物奉行榊扇太郎と申す。こちらに水島外記が、縁者どのはおられぬか」

当主に敬称をつけず、家族へはつけるという、ちぐはぐな訪《おとな》いを受けた寺男は、首肯した。

「こちらへ」

寺男に連れられて扇太郎たちは、本堂へとあがった。

「水島さま、こちらのお方が」

「どなたじゃ」

小さく声をかけた寺男に対し、水島の内儀らしい中年の女がしっかりとした返答をした。

「闕所物奉行、榊扇太郎でござる」

二度目の名乗りを扇太郎はあげた。

「……闕所物奉行さまでございまするか」

御上の役職である。身分では上とはいえ、水島の内儀はていねいな応対をした。

「申さずともおわかりでございましょうが、改易に伴う闕所をおこなわせていただきまする」

扇太郎は淡々と述べた。

「いたしかたございませぬ。しかし、家屋敷を失った我らに残されたものは、ほとんどございませぬぞ」

水島の内儀が首を振った。

「お奉行……」

そっと天満屋孝吉が扇太郎の袴の裾を引いた。

「ごめん」

断りを入れて、扇太郎は天満屋孝吉と本堂の隅へと移動した。

「なんだ」

「何もないというのを信じてはいけませぬ」

天満屋孝吉が、内儀を見た。

「屋敷が燃えたのだぞ。持ち出せたとしても、しれたもののはずだ」

扇太郎が首をかしげた。

「世間の裏を知っているようでご存じない。よろしゅうございますか。武家の屋敷に蔵はございませぬ」

諭すように天満屋孝吉が説明を始めた。

「蔵は恥だからな」

言われた扇太郎が首肯した。

大名屋敷や禄高の多い旗本屋敷には蔵があった。武具や宝物など納めなければならないものが、かなりあるためである。

そういったものの必要がない千石以下の旗本屋敷にはまず蔵はなかった。屋敷に付随したような蔵はあっても、独立した金蔵を建てることはあまりしなかった。

これは、武家が金を卑しいものとして見ていることによった。蓄財は恥なのだ。

「では、お訊きいたしますするが、お小納戸頭取というお役目は、余得がございませぬのか」

「いや、余得ならば、長崎奉行や奥右筆《おくゆうひつ》にはかなうまいが、かなりのものになるはずだ。なにせ、大御所さまのお側近くに侍《はべ》るのだ。人の噂話などをお聞かせすることは、簡単だ」

扇太郎は言った。

お小納戸、お小姓の二つは、将軍、大御所、世子にもっとも近い。毎日顔を合わせるだけに、親しみもわく。

江戸城から出ることのない将軍や大御所にとって、お小納戸やお小姓だけが話し相手なのだ。お小納戸、お小姓が企めば、人のことを良く言ったり、悪く告げたりするのは容易であった。

「長崎奉行には某《なにがし》どのこそ適任かと」

極端に言えば、人事さえも動かすことができる。

当然、大御所や将軍のお覚えめでたくなりたいものは、お小納戸、お小姓へ付け届けをすることになる。

それこそ頭取ともなれば、節季ごとの贈りものは、山となった。

「でございましょう。その届けものは、どうなりまする。蔵がなければ、座敷へ置くということもできましょうが、邪魔でございましょう」

「だな」

かつて五代将軍綱吉の寵愛《ちょうあい》を受けた母桂昌院《けいしょういん》の弟、本庄宗資《ほんじょうむねすけ》は、一日に届いた贈りものだけで、長持が二十をこえたと言われている。

「となれば、屋敷以外に預けるしかございますまい」

「屋敷以外となれば……寮か」

「妾宅《しょうたく》というのもございまするな」

天満屋孝吉がささやいた。

「しかし、内儀は妾宅までは知るまい」

「お内儀はご存じなくとも、あそこにいる用人どのは知ってございますよ」

水島の家族から少し離れたところで座っている初老の家士を天満屋孝吉が、指さした。

「なにかあったときのため、ご当主さまの居所を把握するのも、用人の仕事でございますから」

「なるほど」

扇太郎は納得した。

「それに……」

ふたたび天満屋孝吉が内儀を見た。

「家が潰れて殿さまは切腹。そのわりにお内儀さまは落ち着いていらっしゃる」

「言われてみれば……」

ちらと扇太郎も内儀へ目をやった。

「水島家の改易が決まったのは、五日前。外記が腹切らされたのも同日」

扇太郎は、水島家の経緯を思い出した。

「悲しむ時期は過ぎたのか、火事に続いて改易と、衝撃が大きすぎたのか。どちらにせよ、内儀の態度はみょうだな」

「でございまするな」

天満屋孝吉も首肯した。

「今日のところは……」

「もう少し、調べてからがよかろうな」

顔を見合わせて扇太郎と天満屋孝吉はうなずいた。

「お内儀どの」

もとの場所へもどった扇太郎は、内儀へ声をかけた。

「なんでございましょう」

内儀が扇太郎へと問うた。

「なにもなくとも闕所の手続きは進めねばなりませぬ。これも御用でござれば」

「承知いたしておりまする」

「ついては、わたくしの指示あるまで、ここからお動きになられぬように」

「買いものぐらいは……。なにぶんにも持ち出せたものがなく、その日の暮らしにも困っておりまするので」

扇太郎の言葉に、内儀が小さく抗議の声を出した。

「近隣にかぎらせていただきまする。また、できるだけ先ほどの寺男に命じられまするよう」

あまりうろつくなと扇太郎は釘《くぎ》を刺した。

「では。参るぞ」

天満屋孝吉、若林を促して、扇太郎は寺を出た。

「腰を入れて調べなきゃいけねえようだな」

扇太郎は、屋敷へ向かって歩きながら、語りかけた。

「わたくしも少し探りを入れさせていただきまする。では、ここで」

浅草に住居のある天満屋孝吉は大川《おおかわ》を渡ることなく、別れていった。

「そなたも帰っていいぞ。なにもできなかったのだからな」

「よろしいので」

若林が、扇太郎に確認した。

「親御のところへ戻ってやれ。吾も今日は帰って休むだけだ」

「ありがとう存じまする」

頭を下げた若林が駆けていった。

「…………」

若林の姿が見えなくなるまで見送って、扇太郎は踵《きびす》を返した。

五

扇太郎は黒々とした影を見せる江戸城の北、下谷《したや》新鳥見町にある鳥居耀蔵の屋敷を訪ねた。

「おられるか」

顔なじみの中間《ちゅうげん》幸造《こうぞう》に、扇太郎は問いかけた。

「まだお戻りではございませぬ」

幸造が首を振った。

旗本のなかの旗本と賞される目付は激務であった。諸大名、役人たちを監察するのが主たる任なのだ。皆が来る前に登城し、役目を終えて帰るのを見届けなければ下城することができなかった。

「お待ちになられまするか」

「そうさせてもらおう」

扇太郎は玄関脇の供待ちへ通された。

供待ちは本来客に付いてきた小者たちの使用するところである。畳などは敷かれておらず、ただ腰掛けの台と小さな炉、水を入れた薬缶《やかん》があるだけであった。

「白湯《さゆ》でもいただくとするか」

昼餉《ひるげ》を食べて以来なにも口にしていない扇太郎は、空腹をごまかすため、薬缶から白湯を湯飲みへ注いだ。

武家は真夏でも生水をほとんど口にしなかった。いざというとき、生水にあたって動けませんでは、家が潰されるからである。

三杯白湯を飲んだところで、玄関先が賑《にぎ》やかになった。

「お戻りでございまする。お出迎えを」

大門の外から声がした。

布衣格を与えられている目付は、騎乗を許されている。玄関脇まで馬のひづめの音が聞こえてきた。

「お帰りだが、まだ待たされるな」

扇太郎は独りごちた。

鳥居耀蔵にとって扇太郎は道具にすぎなかった。来ていると聞いても、他事が優先された。

「榊」

その鳥居耀蔵が、下城姿のまま供待ちへやって来た。

「これは、お目付さま」

驚いた扇太郎はあわてて立ちあがり、膝を突いた。

「水島のことか」

すでに鳥居耀蔵は用件を読んでいた。

「なぜに、わたくしなのでございましょうや。順番から行けば土屋どのに任されるはずではございませぬか」

「ふん」

鳥居耀蔵が鼻先で笑った。

「知らなかったのか。土屋源五郎《げんごろう》は昨日付で、挑燈《ちようちん》奉行へ転じたわ」

「挑燈奉行でございまするか」

扇太郎は耳を疑った。

目付支配の挑燈奉行は、城中における挑燈の修理製造を担当した。八十俵の持ち高勤めで、城中へ詰めることから闕所物奉行より格は上とされていたが、まったく余得はなかった。

「闕所を一々割り振るのが面倒ゆえ、一人にまとめた」

あっさりと鳥居耀蔵が、内情を語った。

「…………」

返答を扇太郎はしなかった。鳥居耀蔵は、扇太郎一人に闕所を扱わせることで、思いのまま使おうと考えたのであった。

「では、このたびのことも、お目付さまの」

扇太郎は鳥居耀蔵の手配かと確認を求めた。

「いや」

鳥居耀蔵の表情が苦くなった。

「儂はなにもしておらぬ。なにより、水島が改易になるなど思ってもおらなんだ」

たしかに江戸城下で火を出した旗本への罪は厳しい。といったところで、ほとんどの場合、旗本の責任にはされない。役目を引かされることもあるが、徳川家ゆかりの神社仏閣などを巻きこまなければ、目立たぬように屋敷替えされるくらいで、潰されることはまずなかった。

「では、なにが」

目付は旗本すべての監察である。改易にも必ずかかわった。

「わからぬ」

小さく鳥居耀蔵が首を振った。

「目付は十五人いる。水島の一件は、端《はな》から儂ではなく、別の者がやっていた」

老中でさえ罷免《ひめん》させることのできる目付の権は大きい。だけに一人一人が独立して任を果たす慣習があった。

「改易の理由は……」

「大御所さまに思《おぼ》し召すことありだそうだ」

鳥居耀蔵が語った。

思し召すことあり、これは表沙汰にできない理由で、旗本を罰するときの決まり文句であった。

「……どういうことなのでございましょう」

いっそう扇太郎は不安になった。

「わからぬ。だが、裏に何かある。それも幕閣に近い者がかかわっている」

一度鳥居耀蔵が、言葉を切った。

「うまくつかえば、儂がのしあがる手がかりになってくれるやも知れぬ。探れ、榊」

「無理を仰せになられまするな。わたくしは八十俵の闕所物奉行でしかございませぬ。大御所さまのお側近くに仕えたお小納戸頭取どのや、大目付さまに立ち向かうことなどできようはずもございませぬ」

扇太郎は首を振った。

「そのような覚悟でどうする」

鳥居耀蔵が叱った。

「今の幕府の威勢がこのままでは地に落ちることぐらいは、そなたごときでもわかっていよう」

「…………」

また始まったと扇太郎は小さく嘆息した。

「神君家康さまの手で幕府が開かれて、二百三十年もの間、天下泰平であったのは、すべてご政道の根本に儒教をすえたからである。主君に忠、親へ孝を是とする儒教のおかげで天下に争いは起こらなかった。しかし、ここ近年の蘭学《らんがく》蔓延は幕府の根本を腐らせているのだ」

滔々《とうとう》と鳥居耀蔵が続けた。

「蘭学のもとはきりしたんにある。榊、きりしたんのどこが悪いか、そなたにわかるか」

不意に鳥居耀蔵が尋ねた。

「いいえ」

扇太郎は首を振った。

そもそもきりしたんはご禁制なのだ。どのようなものかさえ、扇太郎は知らなかった。

「宗門改のこともある。きりしたんで捕まれば、転ばぬかぎり死罪闕所なのだ。少しは勉強いたさぬか」

「申しわけございませぬ」

口答えはより鳥居耀蔵に火をつけることとなる。経験で知っている扇太郎は、深く頭を下げた。

「大所高所に立つ用のない御家人は、暗愚なものよな」

　鳥居耀蔵が、扇太郎を見下した。

「まあいい。愚かなる者にも使い道はある。さて、きりしたんがなぜいかぬかの話をしてくれる。きりしたんは主君よりも忠を尽くすべき相手を持つ。きりしたんの神よ」

「神ならば、我が国でも崇《あが》められておりましょうに」

　扇太郎は口を挟んだ。

「うむ。だが、我ら武士は、神を崇めはするが、忠を尽くすわけではない。榊、武士にとって忠とはなんだ。恩への返しよな」

「はい」

　問いかけられて扇太郎は首肯した。

　武士は恩と奉公でなりたっていた。

　恩とは、主君から与えられる知行や禄、身分のことである。奉公とはその名のとおり、命を賭けて尽くすことであった。その奉公が徳川家の天下となって忠義という名前になった。

「榊、神は恩をくれるか。言い換えよう、神は禄をくれるのか」

「いえ」

扇太郎は首を振った。

「であろう。なればこそ、我ら旗本は、八幡神を崇拝はしても、忠義を捧げることはない。武士にとってこれは、当然のことだ」

「………」

無言で扇太郎は首を縦に振った。

「しかし、きりしたんの国は違う。あやつらは、主君よりも神に従う。王とはいえ、教会から破門されたら、終わりだ。家臣たちは裏切り、一日とて王はもたぬ」

「教会から破門……神が直接命じられるので」

「阿呆《あほう》。そなた、神や仏を信じておるのか」

厳しい声で鳥居耀蔵が、扇太郎を怒鳴った。

「そのようなものおるはずはない」

「断言なさるのでございまするか」

扇太郎は驚いた。鳥居耀蔵の言葉は、神君となった徳川家康をも否定することにつながるからである。

「神が真におるならば、生まれたばかりの無垢《むく》な赤子が死ぬものか」

鳥居耀蔵が吐き捨てた。

「……仰せのとおりで」

口調に含まれたあきらめと憎しみを扇太郎は感じ取った。一瞬落ちた気迫を戻して、鳥居耀蔵が続けた。

「わかったであろう。教会は神の代弁者などと申しておるが、しょせん人なのだ。いわば、坊主の一言で、主君をあっさり見捨ててしまう。この気風が問題なのだ」

「蘭学は、その気風をもたらすと」

「そうだ。蘭学を許してはならぬ」

「でございましょうが、蘭学によって、蘭方医によって救われた者も多うございましょう。いっさいを禁じるは、あまりに……」

「蟻《あり》の一穴なのだ」

扇太郎の言葉を鳥居耀蔵が遮った。

「医学だけはよいとしよう。野礼幾的爾《えれきてる》はどうするのだ。あれは、見世物か、それとも医術なのか」

「…………」

答えを扇太郎はもっていなかった。

長崎商館から将軍家へ献上された野礼幾的爾は、その構造を理解した平賀源内《ひらがげんない》により再製され、見世物として江戸を賑わした。

その一方で、野礼幾的爾から発生する小さな稲妻は、人の身体の流れを整え、万病に効くとも言われていた。

「判断できまい。一つの例外は、百の規範を崩す。わかるか」

「はあ……」

納得いかなかった扇太郎は生返事をした。役に立つならばなんでも受け入れていくべきだと扇太郎は思っていた。

「蘭学については、ようやく取り締まりの端緒についたところだ。そなたごとき小者がかかわることではない」

鳥居耀蔵が話を変えた。

「ただ一つ、覚えておけ。忠義という柱を崩したとき、幕府は滅ぶ。幕府の崩壊は、すなわち徳川の滅亡。旗本御家人すべてが、浪人となることぞ」

「すべてが浪人……」

扇太郎は衝撃を受けた。

浪人は両刀を差してはいるが、侍ではなかった。主君を持たない者は、武士として扱われない。

「わかったか。禄を子々孫々まで受け継いでやりたければ、儂に従え。儂は、自欲で動くことはない。ただ、幕府の存続を願うのみ」

「…………」

無言で扇太郎は、頭を下げた。

扇太郎は、承諾の意志を口から出すことをなんとか避けた。

第二章　江戸の闇

一

下谷新鳥見町は数百石から数千石の旗本屋敷が立ち並ぶ武家町であった。

本所深川あたりの御家人町では、すでに形骸となった武家の門限が、まだ生きていた。

暮れ六つ（午後六時ごろ）を過ぎた下谷新鳥見町から、人影は消えていた。

「お気をつけてお帰りくださいますよう」

幸造に見送られて、扇太郎は鳥居耀蔵の屋敷を後にした。

下谷新鳥見町から深川安宅町へと急ぎ足になっていた扇太郎は、前方の闇が濃くなるのを感じて立ち止まった。

「なにやつ」

殺気を感じた扇太郎は、誰何《すいか》した。

「気づいたか、なかなかやるようだ」

辻灯籠《つじどうろう》の光が届かない路地奥から、小さな笑いが聞こえた。

「あからさま過ぎただろう、一矢《いちや》」

反対の路地奥からも笑いが漏れてきた。

「次矢《つぐや》も楽しみにしていたではないか」

会話をしながら、灯《あか》りのもとへ姿を見せたのは、二人の浪人者であった。

「お膝元で辻斬り強盗か」

言いながら扇太郎は、履いていた雪駄《せった》を脱いだ。

江戸でも辻斬り強盗はある。もっとも、そのほとんどは、品川の宿場近くか、吉原近くの浅草田圃《たんぼ》か日本堤であった。ようは遊びに行く男の懐を狙うのだ。懐に余裕のないやつを襲っても、無駄足になる。まちがえても下谷新鳥見町などという、武家町に辻斬り強盗が出るなど考えられなかった。

「そうだ。命が惜しければ、腰のものと懐の財布を置いて行け」

一矢が扇太郎を指さした。

「丸腰になったところを後ろからばっさり。そいつは御免だな」

扇太郎は、左手で太刀《たち》の鯉口《こいぐち》を切った。

「ほう。多少は頭も回るらしい」

次矢が、いっそう笑いを強くした。

「そうか。我らに勝てると思っているようだぞ。見ただけで敵《かな》わぬと理解できぬ。頭は悪いぞ」

ゆっくりと一矢が太刀を抜いた。

「それもそうだな」

首肯しながら、次矢も太刀を鞘走《さやばし》らせた。

「…………」

太刀の柄《つか》を握りながら、扇太郎は間合いを計った。

左右から近づいてくる一矢と次矢は、歩幅を合わせていた。

どちらにも目を固定せず、両方を見るとも見ないともの感覚で、扇太郎は二人を捉えていた。

「…………」

遅速がない二人は、見事に息を合わせ、どちらからでも扇太郎に斬りかかれる体勢を作っていた。

扇太郎はほんの少し顔をうつむけた。三間《けん》（約五・四メートル）先の地面を見る。

ほぼ同時に二人のつま先が、目に入った。

「下を向いてしまったぞ、一矢。おぬしの顔が怖すぎるからではないか」

「おぬしだろう」

二人がふたたび笑った。

「……あと二間（約一・八メートル）」

気にせず、扇太郎は計った。

「そろそろ参ろうか。次矢」

「おう一矢」

二間半（約四・五メートル）まで近づいたところで、二人が足を止めた。

「右か」

目の隅に入っていた次矢のつま先が、地を蹴った。

扇太郎は避けなかった。逆に次矢目がけて動いた。

「なにっ」

二人で間合いを詰めたことになった次矢が、驚愕《きょうがく》の声をあげた。一拍の間に扇太郎との間合いは一間を切っていた。

「おらああ」

太刀を振りあげて次矢が斬りかかった。

「……ふっ」

小さく息を吐きながら、扇太郎は身体を右へと傾けた。

左肩の少し先を、次矢の太刀が落ちていくのを感じながら、扇太郎は一歩進んだところで、左足のつま先を支えとして身体を回した。

勢いに任せて、扇太郎は片手持ちにした太刀を薙《な》いだ。

「ちっ」

一矢が舌打ちをした。

いつのまにか、一矢が扇太郎へ向かって来ていた。

「意外とやるぞ、こやつ」

一矢の口からふざけた調子が消えた。

「まだわからぬ。一撃をかわされたことは、何度もある」

振り向きながら、次矢が応えた。

「やはり、刺客《しかく》か」

扇太郎は、確認を取った。

「一度浅草で襲われて以来、何もないのはみょうだと思っていたのだ」

静かに扇太郎は、太刀を青眼《せいがん》に構えた。

「誰に頼まれた」

「言うと思うか」

次矢が笑った。

「刺客商売をなめるな。依頼主のことは死んでも口にせぬのが、掟《おきて》」

続けて一矢も拒否した。

「結構だ。これで心置きなく殺せる。しゃべってくれるならば、一人は生かしておかなければならぬ。殺さぬように斬るのは、なかなか面倒だからな」

扇太郎は淡々と告げた。

「こいつめ」

「生意気な。たかが御家人ていどで、我ら矢組から逃げられると思っておるのか」

二人が、激昂《げっこう》した。

「…………」

扇太郎は、無言で太刀の先を小刻みに動かした。

庄田新陰流《しょうだしんかげ》の基本の形であった。

希代の名人柳生但馬守宗矩《やぎゅうたじまのかみむねのり》の家臣であった庄田喜兵衛《きへえ》によって立てられた庄田新陰流

は、切っ先の凝りを嫌った。

じっと青眼の構えのまま、相手の喉《のど》へ切っ先を模していると、身体の筋が硬くなり、咄《とっ》嗟《さ》の動きが遅くなる。それを嫌った柳生宗矩は、小さく太刀を上下させた。柳生宗矩の考えをそのまま流儀へ取り入れた庄田新陰流は、切っ先だけでなく足も動かし続けることで臨機応変に対処するのを、極意としていた。

「えいやああ」

一矢が太刀を大きく振りかぶった。

「おう」

気合いだけは受けながら、一矢の動きが虚であると見抜いた扇太郎は動かなかった。応じれば、次矢へ隙を作ることになった。

「……つっ」

渋い顔で一矢がもとの位置へと戻った。

「遊んでいる間はあるのか。人が来るぞ」

次矢へ目をやりながら、扇太郎は煽《あお》った。焦りも憤りも、咄嗟の判断を鈍くする。

「それがどうした。見られたならば、そいつも殺す。それだけのことよ」

一矢がうそぶいた。

「矢組などと偉そうなことを抜かしておきながら、金にならぬ殺しをするか。これで、刺客だと。笑わせてくれる」

扇太郎は嘲笑した。

「おのれ……」

頭へ血をのぼらせた次矢が、一気に間合いを詰めてきた。

「あっ、おい」

連係が崩れた一矢が制止の声を出したが、遅かった。

「死ねえ」

次矢が太刀を扇太郎へとぶつけた。

「……………」

膝を深く曲げた扇太郎は、腰の高さより低く身体を沈めた。

「えいやあ」

半間（約九十センチメートル）まで、次矢が近づいたとき、身体を伸ばしながら扇太郎は太刀をまっすぐ突き出した。

剣術を習い始めて最初に覚えさせられるのは、どの流派も真っ向からの素振りである。上段にあげた竹刀《しない》をまっすぐ振り下ろす。単純な稽古だが、これを毎日毎日数えきれないほど繰り返させられる。このとき、徹底して叩きこまれるのが、振り下ろした竹刀をへその位置で止めることだ。それ以上振ると、己の足を打つ。竹刀ならば痛いだけですむが、真剣ならば、大怪我《おおけが》することになる。頭で考えるのではなく、無意識で身体が止めるところまで稽古させられた。

上段からの一撃を、へその位置で止める、剣術遣いの習い性となって染みついていた。次矢の太刀は、扇太郎の頭上三寸（約九センチメートル）で止まっていた。

「えっ……」

呆然となった次矢の腹を、扇太郎の太刀が貫いていた。

「次矢」

悲壮な声を上げて一矢が、太刀を使えなくなった扇太郎の背中へ斬りかかった。

次矢が絶叫した。

太刀を押しつけるようにして、次矢の身体を横へと送ることで、扇太郎は次矢の身体を盾にした。

「ぎゃあああ」

「ああっ」

太刀を落としかけていた一矢が、たたらを踏んだ。

「卑怯《ひきょう》だぞ」

　一矢が叫んだ。

「夜中、二人がかりで襲うのも、正々堂々とは言わぬぞ」

　命のやりとりに正も悪もない。生き残った者が勝ちなのだ。扇太郎は、表情も変えずに言い返した。

「こ、こいつ……」

　かすかに声を漏らして、次矢が太刀を扇太郎の背中へぶつけようとしたが、密着している状態では、鍔《つば》が当たるだけで斬ることはできなかった。

「腹をやられては、助からぬ。楽にしてやろうぞ」

　扇太郎は、次矢の腰に足の裏をあて、一矢目がけて蹴り飛ばした。

「ぐわっ」

　苦鳴を漏らしながら次矢が、一矢へ向かって倒れた。

「ちっ。すまぬ」

　一矢が詫びた。

　真剣勝負の最中である。大きな隙を作るわけにはいかないと、一矢は、次矢を受け止めずかわした。

「……くう」

地に落ちた次矢が、小さく息を漏らして絶命した。

「きさまあああ」

次矢の腹から流れる血を見た一矢が、怒りをあらわにした。

「仇討《あだう》ちでもするつもりか。笑わせるな」

冷たく扇太郎が返した。

「きさまら、今までに何人斬った。己が他人を斬るのはいいが、逆は許さないとでも言う気か。ふざけるな」

扇太郎は腹を立てていた。

「刺客を商売としているならば、返り討ちに遭う覚悟をしてからにしろ。それもできていないならば、刀を手にするな」

かつて初めて人を斬ったことに浮かれた扇太郎を、師稲垣良栄《いながきよしえ》が叱ったときの言葉をそのまま、扇太郎は一矢へ投げた。

「黙れ、黙れ」

頭に血がのぼったのか、一矢が首を振って、扇太郎の話を拒絶した。

「簡単に我を失う。よくそれで刺客ができたものだ」

扇太郎はあきれた。

命のやりとりは、怒りに身を任せた者の負けである。怒りは、冷静な判断を狂わせ、長年の修行の成果さえも無にした。

数で劣っていた扇太郎は、刺客を挑発することで、状況を変えようとした。

「まったくそのとおりでござる」

不意に扇太郎は背中から声をかけられた。

「なにっ」

扇太郎は、思わず大きく前へと跳んだ。

まったく何の気配も感じさせず、近づかれた扇太郎は驚愕の表情で振り向いた。

「これは、失礼をした」

間合いを取った扇太郎へ、壮年の浪人者がていねいに頭を下げた。

「お頭《かしら》」

一矢が声をあげた。

「つ、次矢が、次矢が……こやつに殺された」

「黙りなさい」

厳しく壮年の浪人者が、断じた。

「……お頭だと」

扇太郎は、壮年の浪人者を見た。

「お初にお目にかかりまする。拙者、矢組の取りまとめをいたしておりまする、毛利次郎《もうりじろう》にござる」

壮年の浪人者が名乗った。

「こいつらの雇い主か」

「いいえ。雇い主は別に。わたくしは、この仕事を請けた者でございまする」

毛利次郎が述べた。

「お頭、手助けを」

「黙れと申したはずだ」

「うっ……」

口を挟んだ一矢を、毛利次郎は一言で黙らせた。

「まったく、みっともない姿をお見せいたしました」

深々と毛利次郎が頭を下げた。

「仰せのとおり、人を殺す者は殺される覚悟ができてなければなりませぬ。とくに我らは、刺客をもって生業《なりわい》としておりまする。襲った相手が己より強かったときは、潔く死ぬのが運命《さだめ》」

冷たい目で毛利次郎が、一矢と倒れた次矢を見た。

「ひっ……」

一矢が息をのんだ。

「こやつら同様、わたくしもまったくもって未熟。襲うべき人物の腕を読み切れなかった。勝てるだけの布陣を出さなかった。まさに恥じ入るのみでござる」

苦い顔で毛利次郎が語った。

「恥ついでと申しあげてはなんでございまするが、今夜のところは、このまま退《ひ》かせていただけませぬか」

「なんだと」

あまりの申し出に、扇太郎は驚愕した。

「お頭、なぜ。お頭の腕なら、きゃつくらい……」

「口を開いてよい許しを与えてはおらぬ」

「……申しわけございませぬ」

三度叱られた一矢が、うなだれた。

一矢の疑問は、扇太郎とて同じであった。

真剣勝負の最中であったとはいえ、扇太郎は毛利次郎に声をかけられるまでまったく気づかなかったのだ。毛利次郎がその気であったならば、扇太郎は殺されていた。

「刺客を生業としている者の礼儀でございまする。いや、矢組を率いている者としての矜持《きょうじ》と言わせていただきたい」

毛利次郎が述べた。

「わたくしは、この話を請けたとき、一矢と次矢で足りると判断いたしました。まこと情けなきことながら、依頼主が伝えて参った貴殿の腕前をそのまま信じてしまいました。普段ならば、直接わたくしめが見て、誰を出すか決めておるのでございまするが。期限が今宵までと急であったため、つい手順を怠ってしまいました。それが、任の失敗となり、次矢を死なせる結果となり申した」

一度毛利次郎が言葉を切った。

「この不始末すべては、わたくしにその責《せき》がございまする。反省いたさねばなりませぬ。ゆえに、あらためての見参とさせていただきたく、お願い申し上げまする」

またも毛利次郎が頭を下げた。

「依頼主……」

「名前は申しあげられませぬ」

扇太郎を毛利次郎が遮った。

「ちゃんと最後まで聞け。名前を訊いても無駄だと知っている」

「ではなにを」

毛利次郎が問うた。

「依頼主へ伝えておいてくれ。必ず、目付の手が、伸びるとな」

「承知いたしましてございまする。と申しましても、わたくしが知っておりますのは仲介役。真の依頼主まで届くという保証はいたしかねまする」

「けっこうだ」

扇太郎は、ゆっくりと背を向けた。

「どちらへ。お屋敷は逆でございましょうに」

「目付に話しておく」

振り向きもせず扇太郎は答えた。

「……さようでございましたか。では、後日」

一瞬、毛利次郎がためらったが、すぐに落ち着き、腰を屈《かが》めて扇太郎を見送った。

二

扇太郎はほんの一刻《いっこく》たらず前、出たばかりの門を叩いた。

「これは、榊さま。なにかお忘れものでも」

潜《くぐ》り門から幸造が顔を出した。

「お目付さまに再度のお目通りを」

「なにか……それは……」

不意に幸造の目が大きく見開かれた。

「榊さま、お怪我を」

幸造が扇太郎の腹部を指さした。

「うん。……返り血か」

扇太郎は、着物にべっとりと血がついていることにようやく気づいた。

「まだ修行が足りぬな。返り血のことまで頭が回っていない」

「か、返り血……」

驚愕の声を出した幸造の顔色が、夜目にもはっきりわかるほど白くなっていった。

無理はなかった。武家の奉公人といえども刃傷《にんじょう》沙汰《ざた》を見ることなどまったくないのだ。幸造の反応は当然であった。

「と、殿さまあああ」

屋敷中に響くような声で、幸造が叫んだ。

一気に屋敷が騒がしくなった。

「手当は要《い》らぬのだな」

騒ぎに気づいて、出てきた鳥居耀蔵が問うた。扇太郎の有様へ、わずかに眉をひそめた鳥居耀蔵だったが、まず気遣いを口にした。

「はい」

「ならば、話せ」

首肯した扇太郎に鳥居耀蔵は説明を求めた。

「さきほど……」

屋敷を出てからのことを簡潔に扇太郎は語った。

「ふむ。そなたを殺せと命じた者がおるというか」

「そう刺客は申しておりました」

「心あたりはあるか」

「ありすぎて」

扇太郎は苦笑した。

闕所物奉行は、恨みを買うのも仕事であった。なにせ、先祖代々が、あるいは、一代の心血を注いで作りあげた一切合切を奪い取っていくのだ。

事実、扇太郎は、闕所の関係で命を狙われたことがあった。

「………」

じっと鳥居耀蔵が、扇太郎を見た。

「言え。気づいているはず」

短く鳥居耀蔵が命じた。

「遠慮のない」

嘆息しながら扇太郎は、かつて浅草でどこぞの藩士らしい連中に襲われた一件を語った。

「あきらかにわたくしを闕所物奉行榊扇太郎と知っての襲撃でありながら、そのあとまったく動く様子がございませぬ」

「みょうだな」

「はい」

疑問を持ったらしい鳥居耀蔵に、扇太郎はうなずいた。

「藩士を斬ったのだな」

「一人」

人を殺したのだ。あまり思い出したくはない扇太郎は、苦い顔で答えた。

「思ったより手強《てごわ》いそなたに、これ以上藩士を出すわけにはいかぬと考えたか……」

鳥居耀蔵が目を閉じて思案に入った。

「藩士に余裕のない小藩、あるいは高禄の旗本あたり。内情はかなり裕福とみてよいはずだ。でなくば、刺客など雇うこともできまい」

「…………」

独り言のように言う鳥居耀蔵の邪魔をしないよう、扇太郎は沈黙した。

「榊、そなた、浅草の顔役と親しかったな」

「任の都合上面識はございまする」

鳥居耀蔵の確認に、無駄と知りつつ扇太郎は抵抗した。

「ならば、刺客を雇うのにどれほどの費《つい》えがかかるか、訊け。それでおおむね、相手の内情を知ることができよう」

「承知いたしましてございまする」

扇太郎は承諾した。

「帰途が不安ならば、一夜泊まっていくか」

「いえ。いつまでも逃げ回るわけにもいきませぬ。それに今夜の襲撃はさすがにございますまい。お目付さまの屋敷へ戻ったことを見ていたはずでございまする。その帰りに、わたくしが殺されたとなれば、お目付さまが表立って動かれる。それをわからぬほどの愚か者では、刺客の頭など務まりますまい」

「好きにせい」

あっさりと鳥居耀蔵が、屋敷の奥へと去っていった。

襲撃されることなく、屋敷へ戻った扇太郎を、朱鷺が出迎えた。

「寝ていてよかったのだぞ」

灯りもつけず、書院で座っている朱鷺へ、扇太郎は声をかけた。

「夕餉《ゆうげ》は……」

小さく首を振った朱鷺が問うた。

「忘れていた」

いろいろありすぎた扇太郎は、ようやく己の空腹に気づいた。

「今灯りを……」

燭台《しょくだい》に灯《ひ》を入れた朱鷺が、息をのんだ。

「心配するな、返り血だけだ。傷一つついてない」

ゆっくりと扇太郎は告げた。

「脱いで」

強ばった表情で朱鷺が、扇太郎に迫った。

こうなった朱鷺が、頑として退かないことを扇太郎は熟知していた。

「…………」

無言で扇太郎は小袖を脱いだ。

「傷はない」

朱鷺が扇太郎の身体をなめるように見回して、安堵《あんど》のため息をついた。

「すまんな」

扇太郎は、心の底から気遣ってくれている朱鷺に、感謝を述べた。

「でも、この着物はもう使えない」

着物を手にした朱鷺の目は厳しかった。

「しかたあるまい。襲われたのだ。倒さねばこちらがやられる」

朱鷺の真意は着物でなく、扇太郎の身体だとわかっていたが、そう応えるしかなかった。

「逃げてはだめなの」

泣きそうな顔で朱鷺が見つめた。

「………」

問いかけられて扇太郎は悩んだ。

命のやりとりなど、したいはずはなかった。なにより扇太郎のやっていることは、かつて先祖たちがおこなった戦とは違うのだ。いくら勝っても禄は一俵も増えない。武士本来としては、意味のないことであった。

「逃げるだけでは、敵は消えてくれぬ」

扇太郎は戦わざるをえないと言うしかなかった。

「相手があきらめるまで逃げる」

まだ朱鷺が食い下がってきた。

「吾にかかるだけなら、それもできようが……」

「………」

朱鷺が扇太郎の言葉に、肩を揺らした。

「……足手まとい」

小さく朱鷺がつぶやいた。朱鷺は吉原のもめ事に巻きこまれ、命を狙われたことがあった。扇太郎と吉原の手打ちによって、その懸念は消えた。とはいえ、いつ別の敵が、扇太郎の足枷《あしかせ》として朱鷺を利用しようとするか、わからなかった。

「足手まといだと思うならば、とうに捨てている。寝るぞ」

空腹を満たすのをあきらめ、扇太郎は朱鷺の手を引いた。

三

旗本の闕所といえども、やることは同じであった。

「大潟。水島外記の用人を呼び出せ。妾宅、別宅、なんでもかまわぬ。口を割らせろ」

「よろしいのでございまするか」

命じられた大潟が躊躇《ちゅうちょ》した。

「大目付さまのお申し付けだ。ぐだぐだ言うようならば、山科美作守さまのお名前を出していい」

「はあ……」

二十俵二人扶持、幕臣最下級である手代からすれば、大目付はまさに神である。その名前を脅しに使うなど、気が進まなくて当たり前であった。

「任せたぞ。吾は天満屋と会ってくる」

扇太郎は、浅草へと向かった。

「天満屋はいるか」

「これは榊さま、主はちょっと出ておりまするが、すぐそこでございまする。どうぞ、奥でお待ちを」

天満屋孝吉の表稼業である古着屋の番頭が、応対した。

「そうさせてもらおう」

番頭の案内で奥へ入った扇太郎を待たせることもなく、天満屋孝吉が戻ってきた。

「水島さまのことでございまするな」

嫌そうな顔を隠そうともせず、天満屋孝吉が言った。

「あきらめろ」

「わかっておりまするが、旗本のごたごたに巻きこまれたくはございませぬな。本心からでございますよ」

天満屋孝吉が嘆息した。

「吾も嫌だが、目付さまから、しっかり釘を刺されたわ」

「昨夜、行かれたのでございますか」

「ああ。ついでに、襲われたわ。天満屋、矢組というのを知っているか」

「……矢組でございまするか。存じておりまする。また、面倒なのとかかわられましたな。いや、襲われましたか」

話している途中で、天満屋孝吉が絶句した。

「ああ。なんとか一人倒した」

「矢組を……」

天満屋孝吉が啞然《あぜん》とした。

「遣いになるとは知っておりましたが、矢組を排除するとは……」

「それほど強いのか」

扇太郎は問うた。

「はい。おそらく江戸で一番でございましょう。いろいろと闇《やみ》の仕事を請け負う者はおりまするが、人を斬らせては、矢組にまさるものはございますまい」

「おぬしも使ったことがあるのか」

「あいにく、わたくしていどでは、相手にしてもらえませぬ。仕事がしっかりしているだけに、費用がかさみまして」

「どのくらいだ」

鳥居耀蔵から訊いてこいと言われた内容になった。扇太郎は身を乗り出した。

「獲物の身分などで多少の増減はございまするが、最低で百両」

「百両……」

聞いた扇太郎が言葉を失った。

十両盗めば首が飛ぶ。その十倍である。庶民ならば十年は生活できるほどの大金であった。

「さようでございますな……」

じっと天満屋孝吉が扇太郎を見た。

「お奉行さまを仕留めるとなれば、まず三百両は出さねばなりますまい」

「三百両か、すさまじいな」

値踏みに、扇太郎は首を振った。

「高い。その代わり必ず依頼を果たすのが矢組でございまする。その看板に傷をつけたのでございますよ、お奉行さまは」

「嫌な言いかただな」

「今後はお奉行さまと夜道を、ご一緒したくはございませぬ」

天満屋孝吉が告げた。

「ふん。そんなおとなしい器《うつわ》か。しっかり腹のなかでは、これを機になにかしようと企んでいるだろうが」

「ふふふ」

天満屋孝吉が笑った。

「矢組の雇い主は誰かわかるか」

「そこらのはぐれ者ならば、誰でも声をかけられまするが、矢組ほどとなれば、まず相当の者でないと相手にされませぬ。顔役か香具師《やし》の親方」

「直接大名とかが、矢組を呼ぶことはできぬのか」

「できませぬ。大名方とかは、仕事が果たされた後、口封じのつもりか矢組を潰そうとなさいますからな。かえってむごい目に遭うのでございまするが」

「なるほど」

少し政《まつりごと》の闇に触れた扇太郎は天満屋孝吉の話に納得がいった。

「どこの親方かはわからぬわな」

「はい」

天満屋孝吉が首肯した。

「一応、調べては見まするが、ご期待はなさらぬよう」

「ああ」

無理はしないと宣した天満屋孝吉に扇太郎はうなずいた。

「ところで、お奉行さま。水島さまの別宅を見つけられましたか」

話を天満屋孝吉が変えた。

「今、大潟に訊かせている」

扇太郎は今朝のことを語った。

「無駄でございまするな」

あっさりと天満屋孝吉が断じた。

「大目付さまのお名前でもか」

「そんなもの、改易になる前ならまだしも、家が潰されてからでは、秋葉《あきば》さまの火除《ひよ》け札《ふだ》より効き目はございませぬ。お考えくださいませ。昨日まであった家がなくなったのでございまする。つまり、今まで何十年、何百年と続いてきた生活の糧《かて》が消え去った。当主が亡くなったのなら、跡を継いだ息子《むすこ》なりに禄はあたえられまする。なれど、このたびはちがうのでございまする。残された家族は、ぬくぬくと飽食をしてきた旗本という身分から、放り出されたのでございまする。頼りになるのは、ただ一つ」

「金か」

「…………」

無言で天満屋孝吉が首を縦に振った。

「なるほどな。改易になった以上、すでに徳川は主家ではなくなったか。大目付の威光も効かぬわな」

「これを」

天満屋孝吉が懐から一枚の書付を出した。

「なんだ……これは水島外記の別宅か」

紙にはいくつかの所が書かれていた。

「さようで」

「よく調べられたな」

「蛇《じゃ》の道は蛇《へび》と申しますから」

感心する扇太郎に、天満屋孝吉が応えた。

「さすがは、浅草を束ねるだけのことはある」

「種明かしをいたしましょうか」

ほめられた天満屋孝吉が、照れた顔をした。

「妾屋《めかけや》をあたったんでございますよ」

「……妾屋」

初耳の商売に、扇太郎は首をかしげた。

「お奉行さまがご存じないのも当然でございますな。妾屋というのは、その名のとおり、妾を斡旋《あっせん》するところでございまする。表向きは人入れ屋を名乗っておりまする。そのなかでお旗本を得意先としている鹿島屋《かしま》に問いました」

天満屋孝吉が説明を始めた。

妾屋とは、もとはお世継ぎが要る大名、高禄の旗本を顧客とする商売であった。

大名や旗本の婚姻は、本人の意志とはかかわりないところでおこなわれる。それこそ、相手の顔を初夜まで見ないのが当たり前であった。

大名といえども男である。妻となった女が好みでないとなれば、当然、閨《ねや》へ通う回数は減り、子供はできにくくなる。

末期《まつご》養子の禁はかなりやわらいでいるとはいえ、跡継ぎがいなければ、原則お家は断絶が決まりであった。家があればこそ禄があり、大名とその家臣が生きていけるのだ。大名にとって、将軍の機嫌を取ることではなく、子を作るのがなによりの仕事であった。

当主と妻の仲がよくない。あるいは、正室の身体が弱く、懐妊しそうにない。どちらも、家の存亡につながった。

そこで重臣たちは、殿さまをその気にさせる女を探し回ることとなった。かといって、そう簡単に条件に当てはまる女が見つかるはずもなかった。

妾屋はそんな需要から生まれた。

側室や妾を求める者たちは、女の容貌、気質、生まれなどの要点を指摘して、妾屋へ注文を出す。一方で、大名の側室や、裕福な商家の妾となって、栄達あるいは贅沢《ぜいたく》をしたいと考える女たちは、妾屋に己を登録する。

妾屋はその両者の間を取り持つのだ。

女を求める側、売りこむ側の両方から斡旋料をとるだけでなく、紹介した女が大名の跡継ぎでも産めば、特別に報奨金や禄米を支給されることもあった。

「そんな商売があるのだ」

扇太郎は驚いた。

「妾屋の良いところは、女の身元がはっきりしていることでございますから」

「なるほど。そこから水島外記の妾をたぐったか。さすがだ」

抜け目のない天満屋孝吉に、扇太郎は感心した。

「あとは、妾を問い詰めればすみますからな。妾は、旦那が死んでしまえば用なし。ちゃんと財産分けをして、きれいに手切れしてくれる相手ならよろしゅうございましょうが……水島さまの場合、そうはいきませぬでしょう」

「だの」

天満屋孝吉の言いぶんを扇太郎も認めた。

そもそも妾などというものは、妻から見れば不倶戴天《ふぐたいてん》の敵なのだ。当主である夫の庇護があればこそ手出しをしないだけであって、その守りを失った今、正室の遠慮はなくなった。

「さすがに殺すようなことはないだろうが」

「素裸で放り出すことくらいはなさいましょうな」

淡々と天満屋孝吉が述べた。

「かといって、勝手に妾宅のものやら金を持ち出して逃げれば、二度と妾屋では相手にしてくれませせぬ。盗人《ぬすっと》を斡旋することになれば、信用第一の妾屋は終わり」

「うむ」

「そこで、まあ、わたくしは、なるような話をしただけでございますよ。闕所で取り上げられた財産の一部を手切れ金として、渡してやると。妾は嬉々《きき》として、語ってくれました。いやあ、お武家さまでも同じでございますな。男というのは、若い女に弱いと見えて、水島さまは、得意顔でどこにどれほどの財産があるのかを、寝物語に語っておられたようで」

天満屋孝吉が小さく笑った。

「…………」

黙って聞きながら、扇太郎は天満屋孝吉の手腕に恐れを抱いていた。

先行き不安とはいえ、望んで妾になろうかという女である。一筋縄でいくはずもない。

それを天満屋孝吉は、易々《やすやす》と攻略してみせた。

とても及ばぬと扇太郎は、天満屋孝吉を見直した。

「では、差し押さえに参るとするか」

「はい。大潟さんが、水島さまのご家族を足止めしている間に、取りあげてしまいましょう」

天満屋孝吉が立ちあがった。


若い者を闕所物奉行所へ走らせて若林を呼びよせた扇太郎は、水島の妾宅へ向かった。

「お奉行さま、あたしにちゃんとお銭《ぜぜ》を分けてくださいましね」

水島外記の妾は思ったよりも若かった。

「浅草の親方が約したのだ。安心しているがいい」

「で、どこに隠してあるんだい」

天満屋孝吉が、妾に問うた。

「あい。そこの床下に甕《かめ》が埋まって……」

「仁吉《じんきち》、床板をめくってみなさい」

妾の返事を最後まで聞かず、天満屋孝吉は配下に命じた。

「へい」

畳を外した仁吉が、床板をはがした。

「ござんした」

床下へ降りた仁吉が、甕を座敷へとあげた。

「開けやすぜ」

仁吉が甕の蓋《ふた》を外した。

「こいつはすげえ」

最初に覗《のぞ》きこんだ仁吉が、驚愕の声をあげた。

「出してくれ」

「承知」

天満屋孝吉に言われて、仁吉が甕の中身を座敷へと並べた。

「おい。どれだけあるんだ」

次々出てくる切り餅《もち》に扇太郎は目を剝《む》いた。

「十……二十……三十二。全部で八百両ござんすよ」

「ひええ」

金額を聞いた妾が、腰を抜かした。

「ここの屋敷と地面はどうなってるのか、知ってるか」

呆然としている妾に、天満屋孝吉が問うた。

「……自前だと」

「なるほどな」

天満屋孝吉の目が、商売人のものに変わった。

「おめえ、給金はいくらだ」

「月に三両。うち一両は鹿島屋さんが取りますけど」

妾が答えた。

「年二十四両か。いい稼ぎだな」

思わず扇太郎は、口に出した。

「鹿島屋には、わたしのほうから挨拶をしておく。お奉行さま、よろしゅうございましょうな」

切り餅一つを天満屋孝吉が手にした。

「いくら出てきたかなんて、わかりゃしねえからな」

扇太郎は認めた。

「これをくれてやる」

天満屋孝吉の口調が変わった。

「その代わり、ここで見たこと、いや、水島に囲われていたことといっさいをしゃべるんじゃねえぞ」

「……は、はい」

妾などという商売を選ぶだけの度胸はあるのだろうが、顔役の凄《すご》みに勝てるはずはなかった。妾は震えながらうなずいた。

「帰っていいぞ。着物とかは持って行っていい」

やさしい声で扇太郎は妾を促した。

「ご、ごめんなさい」

あわてて頭を下げて妾が出て行った。

「ちと見て参りまする」

断って天満屋孝吉が、妾宅のなかを調べた。

「どうだ」

しばらくして戻ってきた天満屋孝吉に、扇太郎は見積もりを尋ねた。

「家作も凝ってますし、地面も自前となりますると……おおよそで二百五十両ほどになりましょう」

天満屋孝吉が告げた。

「ここ以外にも別宅はあと一つあるんだな」

「はい。急ぎましょう。そろそろ水島さまのご家族か、用人さまがお見えになりましょう」

扇太郎を天満屋孝吉が急《せ》かした。

「金はどうする」

「持ち出しますとも。仁吉、この金を持って一度店へ帰っておくれ。金を蔵へ収めたなら、伝通院裏まで頼む」

「わかりやした」

仁吉は懐から出した風呂敷に切り餅を、幾重にも包んで背負った。

「若林、ついて行け」

「はっ」

うなずいて若林が、仁吉の後に続いた。

「自身番《じしんばん》へ妾宅の保全を命じよう」

「それがよろしゅうございましょう」

天満屋孝吉が同意した。

自身番とは、町内の安全を見張るところである。町内の地主たちが輪番で勤め、出入りする者を見張ったり、町方からの触れを周知させたりする。

「闕所がある。人の出入りをさせぬよう」

奉行としての権限で、自身番へ命じてから扇太郎は、伝通院裏へと足を向けた。

伝通院裏の別宅は、妾宅と違ってごく普通の商家のようであった。

「これは……」

しっかりと閉じられた大戸を前にして、扇太郎は天満屋孝吉へと顔を向けた。

「蔵代わりか」

別宅にはしっかりとした蔵が一つついていた。

「さすがでございますな」

天満屋孝吉が首肯した。

「妾宅であれだけの金があったのだ、ここにはどれほどのものがあるやら」

「現金は、そうございますまい」

扇太郎のつぶやきを天満屋孝吉が否定した。

別宅をよく見た天満屋孝吉が続けた。

「ここには人の気配がございませぬ。おそらく滅多に誰も訪れぬのでございましょう。そんなところへ金を置いておくなど、盗人にくれてやるも同然」

「言われてみればそうだな」

扇太郎は己の薄さに肩を落とした。

「それでも蔵のなかには、いろいろな珍品が詰まっておりましょう。大御所さまのお側近くに仕えるお小納戸頭取さまでございますから。いただきものは山ほどあるはずで。とにかくなかへ入りましょう。日が暮れるまでにざっと見積もっておきませんと」

天満屋孝吉は、大戸を押した。

「びくともしませんなあ」

大戸はしっかりと閂《かんぬき》がかけられていた。

「閂を飛ばしていいのか」

「戸を破るのはご勘弁ください。あとがたいへんでございますからな」

「わかった」

指示に従って、扇太郎は太刀を大戸の脇、潜り戸へ向けた。

「ぬん」

小さく気合いを吐いた扇太郎は太刀を、まっすぐに突き出した。

「お見事」

見ていた天満屋孝吉が賞賛した。

扇太郎の太刀は、板を割ることなく潜り戸を貫き、内側の閂を断っていた。

「では、お先に」

太刀が引かれるなり、天満屋孝吉は潜り戸を開けてなかへと入った。

「……ときどきは人が来ていたようでございますな」

天満屋孝吉は上がり框《かまち》を指でこすり、埃《ほこり》の量を確認した。

「どうだ」

「なかなかに立派な作りでございますな。このようなところで、これほどの家作は珍しゅうございまする」

「高く売れそうか」

「どうでございましょうかねえ。場の色というのがございますゆえ。棟割り長屋の隣に豪壮な邸宅は似合いませんでしょう。思うほどの値段はつかない気がいたしまする」

首を振りながら天満屋孝吉が牽制《けんせい》した。

闕所の競売代金、その五分が闕所物奉行の取り分である。もちろん、公にはできない裏の金だが、ずっと続いてきた慣習であった。闕所の金額が多いほど、懐が潤う。思ったより少ないとなれば、天満屋孝吉が抜いたと疑われることとなりかねない。扇太郎の期待を天満屋孝吉が抑制した。

「蔵のなかをまず確認すべきだな」

天満屋孝吉の思惑を知りながら、扇太郎は先を促した。

しかし、蔵のなかを見ることはできなかった。

「こいつは、鍵がないと開きませぬな。このような形のものを見たことはございませぬ」

蔵には頑丈な鍵がかけられていた。

「鍵がここにあるわけはないか」

小さく扇太郎は嘆息した。

「ございますまい」

「鍵を持っているとすれば、水島外記か、内儀、用人のどれかか」

「でございましょうなあ。水島外記さまはすでにおられませぬので、残り二人」

扇太郎の意見に、天満屋孝吉が同意した。

「鍵を渡せと言ったところで、無駄であろうな」

「おそらく」

うなずいた天満屋孝吉が、扇太郎を見た。

「鍵を壊すか、蔵に穴を開けてはいけませぬか」

「大目付さまのお許しを取らねばならぬ」

どちらにせよ、闕所の対象となっているものを破壊するのだ。上司の許可なく、おこなうわけにはいかなかった。

「では……」

「明日にでも大目付さまにお願いしてこよう」

「お願いいたしまする」

やはり自身番へ見張りの者を出すようにと命じて、扇太郎は屋敷へ戻った。

四

大目付は旗本にとって顕官であるが、閑職であった。かつて徳川幕府が諸大名を取り潰すことに熱心だったころは、まだ仕事もあった。しかし、浪人の増加による治安悪化を懸念した八代将軍吉宗以降、大名の取り潰しが激減し、大目付は飾りに近い名誉職となっていた。

「大目付、山科美作守さまへお目通りを」

扇太郎は登城すると目についた御用部屋坊主へ伝言を頼んだ。

大目付は芙蓉《ふよう》の間に詰める。将軍家お休息の間に近い芙蓉の間まで、御家人に過ぎない榊扇太郎は足を踏み入れることができなかった。

「……あなたは」

御用部屋坊主が冷たい目で扇太郎を見た。

「闕所物奉行榊扇太郎でござる」

「……お目見え以下の貴殿が、大目付さまへ」

侮るような口調で、御殿坊主が言った。

「お取り次ぎいたしかねまするな」

御用部屋坊主が、横を向いた。

「…………」

拒否しながらも御用部屋坊主は、扇太郎の前から去ろうとしなかった。

「ご坊主衆」

御殿坊主が求めているものを扇太郎は理解した。

扇太郎はあたりをうかがいながら、すばやく紙入れから一分金を取り出し、御用部屋坊主の手のひらへ落とした。

ちらと手のひらに入ったものを確認した御用部屋坊主が、さっと一分金を袖へと隠した。

「ご都合をうかがって参りましょう」

小走りで御用部屋坊主が駆けていった。

「現金なものだ」

言葉遣いも変わった御用部屋坊主に、扇太郎は苦笑した。

少しして御用部屋坊主が戻ってきた。

「こちらにお見えになられるそうでございまする。廊下の隅にてお控えなされますよう」

一刻（約二時間）ほど扇太郎は待たされた。

「なんだ」

やって来た大目付の山科美作守の機嫌はよくなかった。

「実は……」

扇太郎は蔵のことについて説明し、許可を願った。

「蔵に穴を開けることは許さぬ。鍵は壊してもよい」

　山科美作守が述べた。

「はっ」

「あと、闕所競売の金は勘定奉行ではなく、儂に渡せ」

「それは……お定めに反しまするが」

　扇太郎は反論した。

　闕所で得られた金は、勘定方へ送られた後、江戸市中の道路、橋などの補修に使われると決められていた。

「勘定奉行には、すでに話を通してある。わかったな」

「はい」

　そう言われては、扇太郎は従うしかなかった。

「では、これにて……」

　頭を下げた扇太郎へ、山科美作守が告げた。

「もう一つ。闕所の割り前を取ることを、禁止する」

「……承知いたしましてございまする」

　苦い思いを飲みこんで、扇太郎はうなずいた。

下城した足で伝通院裏へ向かった扇太郎は、家作の前で自身番の者と水島家の用人が争っているのを見た。

「何をしている」

「これはお奉行さま」

声をかけられて気づいた自身番の者が、喜びの表情を浮かべた。

「…………」

逆に用人の顔が醜くゆがんだ。

「水島家の用人だな」

厳しい口調で扇太郎は言った。

将軍お側の一人として権をふるったお小納戸頭取の用人といえば、なまじの旗本より力があった。それこそ、機嫌をそこねれば、扇太郎の家を潰すことなどもできた。しかし、それも主が生きていればこそである。権を失った用人は、水島家の使用人に過ぎず、お目通りできない御家人とはいえ、将軍家直臣である扇太郎より一段低い身分でしかなかった。

「はっ」

用人が頭を下げた。

「鍵を出せ」

扇太郎は手を出した。

「な、なんのことで」

小さな動揺を浮かべたが、用人はとぼけた。

「そうか。わからぬか。けっこうだ」

あっさりと扇太郎は用人から目を外した。

「自身番の者、町内に鍵師はおらぬか」

「鍵師はおりませぬ」

問いかけに自身番の男が首を振った。

「ならば、大工を呼んでくれ」

「大工でございますか。何人ほど」

「蔵の錠前を壊すだけだ。一人でいい」

「すぐに」

扇太郎に言われて、自身番の男が走っていった。

「蔵の鍵を壊すので」

用人が目を大きく開いた。

「大目付さまのお許しが出た」

冷たく扇太郎は、語った。

「残された者たちは、着のみ着のまま放り出されるのでございますか。それはあまりと言えば、あまりの仕打ち。わたくしなど水島家に仕えて二十年、今年のお給金もまだ頂戴しておらぬのでございまする」

泣きそうな顔で用人がすがった。

「御上の決めたこと。あきらめろ」

扇太郎の権限ではどうしようもない。

「…………」

うらめしそうな目で扇太郎を一瞥《いちべつ》した用人だったが、無言で背を向けた。

「お奉行さま、もうお見えでございましたか」

入れ替わりに天満屋孝吉が、やって来た。

「あれは、用人でございますな」

去っていく背中で天満屋孝吉が気づいた。

「哀れといえば哀れよな」

同じように用人の背中を見送りながら、扇太郎はやりとりを話した。

「ご冗談を」

鼻先で天満屋孝吉が笑った。

「力のあるお役人さまの用人となれば、下手《へた》な商人など及びもつかないほどの金持ちでございますよ」

「用人がか」

扇太郎は驚いた。用人は陪臣でしかなく、なんの権も持っていない。

「主に面会を願う者が多いとき、どの順で案内するかは、用人の胸先三寸でございましょう。とくに役目の重いお小納戸頭取ともなれば、登城の時刻は早く、下城は遅い。屋敷にいるのはわずかな間。その隙間に面会を望む来客は集中するのでございましょう。全員と面談など、とてもとても」

「ううむ」

「どうしても会いたい者は、用人に心付けを渡して順番を繰りあげてもらったり、他人に飛ばされないようにするのでございますよ」

天満屋孝吉の説明が終わった。

「まあ、おいおい世間の裏をお知りになられればよろしゅうございますよ」

唸《うな》っている扇太郎を置いて、天満屋孝吉が家作のなかへ入った。

「…………」

あわてて扇太郎も続いた。

「大工を連れて参りました」

自身番の男が、道具箱を担いだ若い大工を伴って戻ってきた。

「おおっ。この錠前だ。壊せるか」

扇太郎が、大工に問いかけた。

「ちょいと拝見……」

大工が蔵へ近づいた。

「鋸《のこぎり》は効きそうにございませんね。鑿《のみ》で留め金を壊すことになりやすが、よろしゅうござんすか」

錠前を調べた大工が、扇太郎へ顔を向けた。

「頼む」

「へい。ちょいとときがかかりやすが……」

道具箱から鑿と金槌《かなづち》を取り出して、大工が作業に入った。

「では、その間、わたくしは、調度などを調べて参りましょう。行くよ、仁吉」

天満屋孝吉が配下を促した。

丈夫な錠前だったこともあって、留め金を破壊するのに半刻（約一時間）以上かかった。

「へい。お待たせを」

大工が外した錠前を差し出した。

「ご苦労だったな。日当は一分でいいか」

「半日もかかっていやせんから、二朱いただければ」

御上の御用である。大工が気兼ねをした。

「うむ。では、日当と酒代で一分でいいな」

扇太郎は懐から、一分金を出した。

「こいつは……ありがとうございまする」

大工が礼を述べた。

「開きましたか」

見計らったように天満屋孝吉が姿を見せた。

「ああ。で、他はどうだった」

「床下、天井裏まで見ましたが、めぼしいものはございませんでした」

天満屋孝吉が首を振った。

「やはり蔵のためだけの家作か」

「でございましょう。仁吉、扉を開けておくれ」

「承知」

仁吉が力を入れて蔵の扉を開けた。

「意外と狭いな」

蔵のなかへ入った扇太郎は、思ったよりも広くないなと感じた。

「火事対策でございますよ。窓もございませんでしょう。火事になっても、火の入る場所がないこの蔵は焼けませぬ。それに壁が分厚いので、熱もなかに届きにくい。特別あつらえでございますな。並の蔵を三つほど建てられるほどの金がかかっているようで」

扇太郎の相手をしながら、天満屋孝吉はなかのものを調べた。

「こいつは本阿弥光悦《ほんあみこうえつ》の表書きがついている」

天満屋孝吉が白鞘《しらさや》の太刀を手にした。

「本阿弥光悦だと……銘は」

「正宗《まさむね》とございますよ」

「大名道具ではないか」

扇太郎は思わず、天満屋孝吉の持っている白鞘を手にした。

「ここで抜かないでくださいよ。狭いですから、壁にぶつけでもしたら、いっきに値打ちが下がりまする」

「わかっている」

注意された扇太郎は、蔵の外へ出た。

正宗は、鎌倉幕府の末期ごろ相模《さがみ》で活躍した刀工であった。正宗の太刀は沸《にえ》に特徴がある。銀の粉を吹いたような沸は、光の当てかた次第で、満天の星のように輝き、なんともいえない美しさを醸し出す。豊臣秀吉が正宗を愛用し、報償として与えたことから、大名たちの人気を得た。数が少ないこともあり、一本数百両から千両で取引されるほど高価な刀であった。

「拝見つかまつる」

名刀への礼儀として、一度太刀を目の上まであげて、扇太郎は鯉口を切った。

滑らせるように、刀身ではなく鞘を動かして、扇太郎は正宗を抜いた。

「…………」

鞘を脇に挟《はさ》んで、扇太郎は刀身に見入った。

柄を動かし、当たる日の角度を変える。

「これが沸の銀か」

息が刀身に当たらぬよう、気を遣いながら扇太郎はつぶやいた。

目をすがめなければ刀身の形さえあやふやになるほど強い朝日の照り返しのなかでも、沸はくっきりと輝いていた。

「どうでございまする」

魅入られたように動かない扇太郎へ、蔵から出てきた天満屋孝吉が声をかけた。

「本物を見たことはないが……この太刀はすごい」

人気のあるものの宿命である偽物も、正宗には多かった。

「ただ正宗は、どこの誰が持っているか、ほぼすべて幕府が把握している。これを競売にかけると、出自が知れよう」

「賄賂を贈ったお方の名前が出ると」

「そうなるな」

扇太郎は首を縦に振った。

「それはまずうございますな」

正宗を持つほどの家となればまず大名、それもかなりの家柄であることはまちがいなかった。

「巻きこまれるのはごめんだな」

政の闇にかかわることは、扇太郎も嫌であった。

「それで思い出した。大目付さまより、このたびの競売で割り前を受け取るなと、そのままのものを持ってくるようにと釘を刺されたわ」

「割り前を禁じられましたか。それはまた」

天満屋孝吉が首をかしげた。

役所というのは、長いときをかけて腐敗していく。闕所物奉行の割り前も、幕初にはなかった。やがて競売のうまみに気づいた商人が、儲けを独占しようとして、闕所物奉行へ賄賂を渡すようになり、それがいつか慣例となり、割り前となった。

百年以上続いてきた習慣を変える。

そこには必ず無理が生じた。

「手代の方々が食べていけなくなりますな。となれば、仕事ではなく内職へ精を出されることになる。当然、闕所の手続きは後回しに」

「ああ。それがわからぬほどの世間知らずは、大目付にまであがることは無理だ。ということは、知っていて山科美作守さまは、命じられた」

「やはり、裏になにかございますな」

「かかわりたくはないのだが……この正宗も同じ」

扇太郎は、正宗を鞘へ納めた。

「表に出せぬなら、いかがでございましょう。その正宗、お奉行さまのものにしては」

「無茶を言うな。大名道具だぞ」

言われた扇太郎は驚愕した。

「大名道具であろうが、刀には違いございますまい。要は人を斬る道具。それに人が勝手な値打ちをつけただけでございましょう」

あっさりと天満屋孝吉が述べた。

「なにより売れば、厄介ごとがついてくる。そんな物騒なもの、わたくしはご免被ります る」

「……もらっていいのか」

「それを割り前ということにいたしましょう。その代わり、手代方への報償は……」

「吾にやれと」

扇太郎はうなずいた。

「では、一度正宗はお返しくださいませ。このままでは使えますまい。拵《こしら》えをいたさねばなりませぬが、うかつな職人に渡せば、そこから漏れることもございまする。わたくしの息がかかった者に命じましょう。ああ。拵えの代金は、わたくしが出させていただきますよ」

天満屋孝吉の機嫌はよかった。

「蔵のものは、それほどよかったのか」

「はい。あれだけの珍品は、そうそう出るものではございませぬ。象牙の飾りもの、金銀の細工ものなど、捨て値で売っても三箱、好事家《こうずか》を探せば、五箱はいきましょう」

「五千両か」

喉を鳴らして、扇太郎は目を剝いた。

「この家作、妾宅、合わせて六千両近くには行きましょう」

「そうか」

あまりの数字に、扇太郎は気を奪われた。

闕所と決まったものは、期日を決めて競売にかけられるのが、決まりであった。しかし、抜け道はどこにでもある。

競売の見積もりを請け負った商人に物品購入の優先権が与えられた。もちろん、最低入札の価格以上でなければならなかったが、ものによっては転売で大儲けすることもできた。

「すべてをほしいと言いたいところでございますが、さすがに五千両は出せませせぬゆえ……」

残念そうな顔で、天満屋孝吉は蔵から出てきた物品の多くを、事前購入した。闕所にかかる日数は、開始が決定してから一カ月と決められていた。事情によって延期されることもあるが、おおむね三十日以内に現金を勘定方へ納める慣例であった。

「城中まで千両箱を持ちこむのか」

天満屋孝吉から届けられた金は、五千二百四十両というすさまじい金額であった。

「目立つことこの上なしでございますな」

配下を十人引き連れてやってきた天満屋孝吉が同意した。

「問い合わせてこられてはいかがで。お戻りになるまで、わたくしどもで、金箱の警護はいたしますゆえ」

「そうしてくれるか」

天満屋孝吉の厚意に甘えて、扇太郎は屋敷を出た。

まだ朝の内とはいえ、役人たちの登城時刻は過ぎている。江戸城へ近づくにつれて、人通りは少なくなった。

奉行とは言え、闕所物奉行の地位は低い。町方同心の上席でしかなく、そのうえ不浄職扱いされる。身形《みなり》は黒の紋入り木綿羽織と袴と決められ、ちょっと見ただけでは、幕府の役人には見えなかった。

「闕所物奉行、榊どのだな」

あと二筋進めば、大手門前に合流する辻で、扇太郎は後ろから声をかけられた。

足を止めて扇太郎は振り返った。

「さようでございまするが、ご貴殿は」

見たことのない中年の侍であった。

「名乗るほどの者ではござらぬ。一つだけ、貴殿にご忠告を申しあげようと考え、声をかけさせていただいた」

「忠告でござるか」

扇太郎は怪訝《けげん》な顔をした。

「さよう。闕所の金、大目付に渡されぬほうが、よろしゅうござる」

「な、なぜそれを」

闕所の金を大目付へというのは、つい先日決まったばかりで、知っている者は、山科美作守と扇太郎、手代たち、そして天満屋孝吉だけのはずであった。

「城中にはいくつもの耳と目がござる。そのことも存じておらぬ貴殿が、かかわってよいことではないのだ。よろしいか、大目付山科美作守の求めには応じるな。命が惜しくば、いや、家名が大事ならばな」

最後は命じるようにして、中年の侍が背を向けた。

「待たれよ。これは、闕所物奉行としての役目でござるぞ」

扇太郎の言葉に、中年の侍が立ち止まった。

「役目怠慢を恐れるというならば、金の高を減らせ。そうよな、千両以下とするのがよかろう」

「無茶を。お小納戸頭取の改易闕所がそのていどなわけがない。すぐにばれるではないか」

「ばれたところで、どうすることもできまい。闕所の金は、勘定方へ入るのが定め。山科美作守は、その決まりを破っているのだ。表沙汰にすることなどできぬ」

言い残して中年の侍が去っていった。

「なんだというのだ」

奇妙な忠告に、扇太郎は納得していなかった。

「とにかく山科美作守さまに会うしかない」

扇太郎は、周囲に気を配りながら、江戸城へとあがった。

今度は最初から金を握らせたおかげで、御殿坊主はすぐに山科美作守に取り次いでくれた。

「遅かったではないか。闕所の金はできたか」

待つというほどの間もなく、山科美作守が御納戸御門脇で控えている扇太郎のもとへやって来た。

「はい。つきましては、金をどこへお持ちいたせばよろしゅうございましょうか」

「今晩、儂の屋敷へ持ってこい」

「それはよろしゅうございませぬ」

山科美作守の言葉を扇太郎は拒否した。

「闕所物奉行は大目付の配下ぞ。言うことに従え」

断られた山科美作守が凄んだ。

「きさまを代えることなど、今すぐにでもできるのだぞ」

「…………」

脅してくる上司を、扇太郎はじっと見つめた。

「な、なんじゃ」

山科美作守がたじろいだ。

「それでよろしいのならば、そういたしまするが、命を書式として頂戴したく」

「儂の言葉では不満だと申すか」

「不満などとんでもございませぬ。ただ、わたくしごとき非才が、いつもと違うことをいたして、まちがえては困りますゆえ」

小役人根性を扇太郎は前面に出した。

「それに……」

扇太郎は声を潜めた。

「……それになんだ」

「先ほど、お城へ上がる前、このようなことを言ってこられたお方もおられました」

中年の侍が口にしたことをかなり端折《はしょ》って扇太郎は告げた。

「なんだと」

とたんに山科美作守の顔色が変わった。

「手が伸びたのか。いや、まだそれほどの力はない。なればこそ、こやつを脅すようなまねしかできぬのだ」

山科美作守が独り言をつぶやいた。

「大目付さま」

扇太郎は、一人思案に入った山科美作守へ声をかけた。

「榊、金は、儂の屋敷ではなく、大目付の下部屋へ届けよ。今すぐにじゃ。下部屋には、勘定方から一人立ち会わせておく。それでよいな」

山科美作守が、話を変えた。

「承知いたしましてございまする」

「急げよ。美濃守《みののかみ》さまにお報《しら》せせねば」

頭を下げる扇太郎のことなど忘れたかのように、足早に山科美作守が去っていった。

「美濃守さまとは、大御所家斉さま付き御側御用取次の水野《みずの》美濃守忠篤《ただあつ》さまのことか」

思わず山科美作守が漏らした官名を、口のなかで扇太郎は繰り返した。

第三章　返り討ち

一

　狂い犬の一太郎《いちたろう》が、渋い顔をした。

「毛利の。困ったことをしてくれたじゃないか」

「面目次第もない」

　すなおに毛利次郎が詫びた。

「二人がかりで勝てなかったと聞いたよ。矢組も焼きが回ったねえ」

　一太郎が遠慮なく言った。

「返す言葉もござらぬな。たしかに、今まで矢組は一度も仕事をしくじったことはござらぬ。大名であれ、役人であれ、必ず仕留めてきた。だが、今回は失敗した。獲物は生き延び、次矢は倒れた」

淡々と毛利次郎が語った。

「毛利の。おめえさんもそこにいたらしいじゃないか。なんでやらなかった。おめえさんの腕前なら、あんな御家人一刀だろうが」

冷たい声で一太郎が、咎めた。

「二度と同じようなことにならぬよう、一矢と次矢が負けた要因を考えねばならぬ」

毛利次郎が述べた。

「そんなこと、後でもいいだろうが。まず仕事をきっちりすませるのが先決だ。馬鹿高い金を取っているんだぞ」

「おかしなことを言う。矢組が受けたのは、闕所物奉行榊扇太郎を殺すこと。急ぐと言うから下調べもなしに仕掛けた。無理を押しつけたのは親方であろう」

まっすぐ毛利次郎は狂い犬の一太郎を見た。

「うっ……」

一太郎が詰まった。

狂い犬の一太郎は、品川の顔役であった。八代将軍吉宗《よしむね》のご落胤《らくいん》と名乗った天一坊の玄孫《やしゃご》であると称し、夜の江戸を支配すると豪語していた。狂い犬と渾名《あだな》されるほど凶暴な手段で、品川の宿場を思うがままにしていた。

一太郎が捕まることなく見逃されているのには、理由があった。品川は江戸ではなく、東海道最初の宿場町であり、代官支配になるため、江戸町奉行所の手は届かないのだ。逆らう者を殺すことで、勢力を拡大した一太郎は、ここに来て品川から江戸市中へと手出しを始めていた。

「心配はご無用じゃ。つぎは我ら矢組の総力を挙げてかかる。そのためにも、今は十分な探査をおこなうべきなのでござるよ」

毛利次郎が告げた。

「わかった。榊のことは任せた。だが、いつまでも待つというわけには行かぬ。ご依頼の方は、吉報をお待ちなのだ。調べの日数も一度やり合えばそれほど要るまい。十日以内にかたをつけてもらおう」

「十日でござるな。承知」

「こちらはもう一つやっかいな仕事を抱えているんだ。これ以上面倒はご免だ」

「わかっておる」

承諾して毛利次郎が、立ちあがった。

「気をつけなよ。矢組が負けたという噂は、もう江戸中に拡がっているからな」

「……噂など、結果を出せば消えるしかないもの。相手にする意味さえござらぬ」

言い放って、毛利次郎は狂い犬の一太郎の家を出た。

一太郎の家は、品川の宿場外れにあるごく普通のしもた屋であった。

「いずれ、江戸の闇を支配したならば、日本橋に立派な屋敷を構える。それまでは、雨露さえしのげればいい」

品川の家は仮住まいだと一太郎は広言していた。

「さて、話を詰めねばならぬな」

毛利次郎は、品川の宿場を抜け、しばらくして左手へと曲がった。東海道を見下ろす坂道には数多くの寺が並んでいた。その一つを目指していた毛利次郎の足が止まった。

「なにかご用か」

振り向きもせず、毛利次郎が問いかけた。

「前からもか」

足を止めた毛利次郎の行く手に三人の男たちが立ちふさがった。

「負けたとの評判を聞きつけて来たのだろうが、待ち伏せとはご苦労なことだ」

毛利次郎が苦笑した。

「…………」

無言で背後の気配が迫ってきた。

「矢組の毛利と知ってのうえのようでございますな。ならば、遠慮は無用。川に落ちた犬ではないと知るがいい」

太刀を抜いて毛利次郎が、前へ走った。

「あっ」

挟み撃ちのつもりで待ち伏せていた三人の男たちが、一瞬焦った。

「振り向く手間が命取りになることもある。まずは目の前の敵から」

毛利次郎が、太刀を振った。

「ぎゃっ」

「ぐえっ」

二人の男が、首筋を斬られて血を噴いた。

「ひいっっ」

逃げようと背を向けた残った一人へ、翻った太刀が追いついた。

「あああああ」

胸を貫かれて、男が死んだ。

「この野郎」

「よくも」

背後から二人が長脇差《ながわきざし》で斬りかかった。

「踏みこみがたらぬ」

一歩前へ毛利次郎は出た。

「わあ」

「なんだ」

二人の長脇差が空を斬った。

「足だけで前に出るから、体勢を崩すことになる。腰から進むつもりでなければ、人は斬れぬ」

教え諭すように言いながら、身体を回した毛利次郎が太刀を水平に薙いだ。

「えっ」

半歩出すぎた男が、驚きの声を出した。

「気づかぬか」

太刀を引き戻した毛利次郎が腹を指さした。

「……えっ。え」

言われた男が、己の腹を見た。大きく口を開けた着物のなかから、青白い腸《はらわた》が大量の血とともにあふれ出た。

「あう」

男が白目を剝いて倒れた。

「気死したか」

毛利次郎は、最後の一人になった男へ、太刀の切っ先を模した。

「ひゃうっ」

最後の一人が息をのんだ。

「誰の手下かは、訊かぬ。殺しもせぬ。帰って、きさまの親方に伝えろ。矢組に手を出せば後悔することになるとな」

重い声で毛利次郎が告げた。

「……ひいいい」

男が腰を抜かした。

「やれ。金にならぬ働きをしたわ」

血刀を右手に提《さ》げたまま、毛利次郎が坂道を登った。

矢組の本拠は、泉岳寺《せんがくじ》手前にある廃寺であった。

「党首お戻りか……それは」

出迎えた浪人が、毛利次郎の手にある血刀に気づいた。

「そこで襲われた。矢組に取って代わろうと考えた愚か者の手のようだ」

毛利次郎は井戸へと近づいた。

「かけましょう」

浪人が釣瓶《つるべ》を操った。

「頼む、四矢《しや》」

血刀に水がかけられた。

「木綿を」

「いや、手ぬぐいでいい」

懐から出した手ぬぐいで、毛利次郎が太刀の水気を取った。拭いた後、毛利次郎は四矢が差し出した鹿皮で太刀をこすった。

「一同そろっているか」

「すでに」

「よかろう」

四矢が答えた。

うなずいた毛利次郎が本堂へとあがった。

「ご一同。闕所物奉行榊扇太郎を仕留めるについて、話をいたす。決行は三夜後。榊の屋敷へ撃ちこみをかける。出張るのは、一矢、三矢、六矢、九矢の四人。後詰めに八矢。指揮は三矢が執る」

毛利次郎が指示した。

「党首はお出ましにならぬのか」

扇太郎に負けた一矢が問うた。

「儂が出るわけにはいかぬ。失敗の尻拭いに党首が出ては、今後の仕事に差し支えよう。それこそ、どれほどの小者相手でも儂が出なければ、依頼主が承知しなくなる。一同だけで負けた戦《いくさ》は、一同で取り返さねばならぬ」

「…………」

「承知いたしましてござる」

にらまれて頭を垂れた一矢の代わりに、三矢が受けた。

二

無事に水島家の闕所を終えた扇太郎は、休む間もなく山科美作守に呼び出された。

「改易があった」

「…………」

扇太郎は声を失った。

「……こんどはどちらで」

一息吸ってから扇太郎は訊いた。

「西の丸留守居青木一馬である。先日の失火で家中取り締まり不備をもって、お家取り潰しを命じられた」

「ご当主は」

「親戚筋にて永蟄居《えいちっきょ》となる」

山科美作守が告げた。

永蟄居とは、死ぬまでの幽閉を示した。青木一馬は、親戚筋の屋敷に作られた座敷牢で、一生を終えなければならなかった。

「永蟄居でございまするか」

死ぬまでという曖昧な罪であったが、多くは永蟄居と決まってから数年以内で死を迎えていた。これは、永蟄居の罪人を預かった者が、後日、余罪が明らかとなって巻きこまれてはかなわないと、暗に自害を強制したからであった。逃げ出されでもすれば、預かった家に咎が与えられるのだ。

西の丸留守居は、お小納戸頭取のように大御所家斉の側で仕えはしないが、重臣の一人であった。

大御所家斉の側近二人が、続けて失火の罪に問われて改易される。あきらかに城中で何かが起こっていた。

「承知つかまつりましてございまする」

扇太郎は承諾した。

拒否できないほど、深くかかわってしまったことに、扇太郎は気づいていた。

戻った扇太郎から話を訊いた手代たちも絶句した。

「続けて改易でございまするか」

大潟が震えた。

「それも西の丸からお二人とは」

「なにがあったのでございましょう」

手代たちが顔を見合わせた。

「わからぬが、いたしかたあるまい。幸い、この度は、青木の一族は、妻女の実家に避難しているとわかっている。明日、早速に出向く。誰か、天満屋孝吉も呼んでおいてくれ」

「……はい」

若林が、小さく応えた。

「なんの見返りもない。そのうえ、ややこしい任だ。淡々とまちがいなく手続きを進める。そうすることで、我らに降りかかる火の粉を払うことができるのだ。闕所物奉行所は、物だけを扱えばいい。家名や人命などかかわりにならぬ」

「はっ」

扇太郎の言葉に、手代たちが首肯した。

「心配するな。八十俵や二十俵を相手にするほど雲の上のお方は暇じゃない」

「でございますね」

手代たちが顔を見合わせてため息をついた。

「では、あとを頼むぞ」

昼前に、扇太郎は奥へと引きあげた。


朱鷺の顔を見て、ようやく扇太郎は空腹を覚えた。

「昼餉を頼む」

「…………」

黙って首肯した朱鷺が、台所へ下がり、しばらくして膳を一つ捧《ささ》げてきた。

「喰わないのか」

「あとでいい」

朱鷺が首を振った。

一緒に生活するようになって、何度も扇太郎は食事をともにすませろと勧めたが、頑として朱鷺は同意しなかった。

まともな武家では、女と男は食事をともにしなかった。しかし、武家とも言えぬ貧乏御家人では、別々にすることで汁を温めなおしたりする薪代《まき》や、夕餉の灯り費用がもったいないと、家族一緒になんでもすませていた。

「ふむ」

あきらめて扇太郎は、膳の上を見た。

冷や飯に、朝の味噌汁の残り、漬けものだけの質素な昼餉であった。

「お代わりを頼む」

剣術遣いは、よく飯を喰った。朝昼晩ともに三回お代わりするなど当たり前であり、出歩いた後などは、五杯喰うことも珍しくはなかった。

「馳走であった」

五杯の飯を喰ってようやく扇太郎は箸を置いた。

「お粗末さまでございました」

そそくさと朱鷺が、後片付けをした。

「少し寝る。客が来たら起こしてくれ」

腹がくちた扇太郎は、そのまま肘を枕に横たわった。


吉原の三浦《みうら》屋で天満屋孝吉は、矢組の頭、毛利次郎と酒を飲んでいた。

「毛利さま、矢組は、どこの親方衆にも属してはおられやせんね」

酒を注ぎながら、天満屋孝吉が問うた。

「うむ。親しくしている親方はあるが、矢組は誰の旗にも従わぬ」

杯を干しながら毛利次郎が答えた。

「では、場合によってはわたくしの依頼も受けてくださると」

「もちろんだ。もっとも、請けている仕事がある場合は終わるまで、待っていただくことになる。また、費用、期日などで折り合わぬときはお断りする場合もある」

「それは当然のこと」

天満屋孝吉がうなずいた。

「ああ。今すぐは困るぞ。せねばならぬ仕事がある」

「さようでございまするか。よろしゅうございますとも。今回は、顔合わせということで」

ほほえみながら天満屋孝吉が述べた。

「よろしゅうございましょうか」

二人が酒を酌み交わしている部屋の外から声がかかった。

「いいよ」

「ごめんを」

天満屋孝吉の許しを得て、顔を出したのは三浦屋四朗左衛門《しろうざえもん》であった。

「こちらさまが、初めてのご登楼と伺い、ご挨拶に参上つかまつりました。当見世の主、三浦屋四朗左衛門にございまする」

「毛利次郎だ」

盃を置いて毛利次郎が応えた。

「おい」

廊下で手を突いた三浦屋四朗左衛門が、後ろへ合図をした。

「ごめんくださいませ」

「おじゃまいたすでありんす」

二人の遊女が、部屋へと入った。

「初会のしきたりを破りまするが、お好みの妓《おんな》をお選びくださいませ」

三浦屋四朗左衛門が、毛利次郎を見上げた。

「ふむ。どちらかを選びかねるほどの美形よな。さすがは吉原一の大見世だ」

毛利次郎が遊女を見た。

「そうだの。右がいいか」

「あら、うれしいでありんす。松香《まつか》と申すでありんす」

選ばれた遊女が、にこやかに笑った。

「では、これにて」

頭を下げた三浦屋四朗左衛門と一緒に、二人の遊女も去っていった。

「これが吉原か」

見ただけで終わったことに毛利次郎が苦笑した。

「吉原は、男女の仲を夫婦になぞらえますので。今日はいわばお見合い。もう一度、顔を合わせて、三度目でようやくお床入り。これが吉原のしきたりでございまする」

天満屋孝吉が説明した。

「面倒だな。品川の遊女屋なら、煙草《たばこ》一服吸う間に、股を開いておるぞ。このようなことをしているから、吉原は衰退したのだ」

毛利次郎があきれた。

「たった一度女のなかへ精を放つために、三度も通わねばならぬなど、馬鹿らしい。松の位、十万石に匹敵する太夫《たゆう》だなどと権威をつけたところで、女に変わりはない。男と女がすることは、決まっている。どんな豪華な衣装を身にまとっていようとも、身体を重ねるときには脱ぐであろう」

「おっしゃるとおりでございますな」

ふたたび酒を注ぎながら、天満屋孝吉も同意した。

かつて大手門近く葺屋《ふきや》町にあったころの隆盛を吉原は、失っていた。火事によって浅草田圃へ移されたことも原因の一つであったが、ややこしすぎるしきたりこそ主因であった。

「さて、話もすんだようだし、しきたりとやらも終わったらしい。遊女屋に揚がりながら、独り寝する趣味はないのでな。これで失礼しよう」

毛利次郎が立ちあがった。

「本日は遠いところをありがとうございました」

天満屋孝吉が頭を下げた。

階段を下りていく足音を聞きながら、天満屋孝吉がつぶやいた。

「手に余るな。品川の妓と口にしたのが、今回の礼代わりか」

天満屋孝吉は、毛利次郎が酒を一滴も口にしていないことに気づいていた。注がれた酒は、すべて飲むふりをしたときに、袖《そで》のなかへこぼされていた。

「榊さまとでは、悪党として二枚は上か。榊さまは、悪になりきれぬだけ弱い」

浅草の縄張りを守るため、幾度となく修羅場をくぐった天満屋孝吉である。毛利次郎がかなり強いことは見抜いていた。

「品川といえば、狂犬の一太郎。狂い犬の一太郎に膝を屈しているわけではなさそうだが、つきあいはかなり深そうだ。狂い犬が、ご城下へ手出しするときには、最初に出て来る。止めるには鉄炮が入り用になるぞ」

一太郎が、江戸の裏を手に入れたがっていることは、誰もが知っていた。今はまだ、各地の顔役がしっかりと地元を締めているので、大きな動きは見せていない。なれど、それもいつまで保《も》つかわからなかった。

「うちでも、金で転びそうな野郎は何人かいる」

天満屋孝吉は、配下のことをよく見ていた。

「浅草に矢組が入れば、すぐ報せが来るようしておかねばならぬな」

敵娼《あいかた》を呼ぶために、天満屋孝吉が手を叩いた。

吉原の大門《おおもん》を抜けたところで、毛利次郎が大きく息を吐いた。

「忘八《ぼうはち》衆か。さすがは吉原を守る死兵」

毛利次郎はしっかりと張り付いている忘八たちの目を感じていた。

「大門を抜けたとたんに消えた。これは、吉原の外でなにがあっても関係ないということか」

夜道を歩きながら毛利次郎が独りごちた。

忘八とは、神君徳川家康が認めた唯一の御免色里吉原の男衆たちのことだ。その字の通り人として持つべき八徳、仁義礼智忠信孝悌を捨てた者のことであった。忘八たちのほとんどは、凶状持ちである。その多くが、郷里で人を殺した者、莫大な借財を残して逃げた者、盗人、浪人など、喰いはぐれた者たちであった。捕まれば軽くて島流し、ほとんどが死罪となる連中の集まりで、幕府の法のおよばない苦界《くがい》吉原にしか居場所はなかった。それだけに、吉原を守るためには、命を捨てることさえ厭《いと》わない、まさに死兵であった。

「吉原に手出しをする気はない。寂《さび》れたとはいえ、一日千両を稼ぐ吉原を手にすることは大きいが、忘八を相手にしては、勝ち目がない」

毛利次郎が率いる矢組は、腕の立つ浪人たちの集まりである。道場を開けるほどの腕を持つだけでなく、人を斬ったことがなければ、矢組の一員として迎え入れない。まさに遣い手ばかりであった。

「人数が足りぬ。まとまりがとれぬと大きくせなんだことが裏目に出たか」

矢組は全部で十人と決めていた。増えれば党内で人が分かれ、下手をすれば毛利次郎の代わりをと牙《きば》剝く者が出かねなかった。

「浅草の親方の」

吉原のことを追いやって、毛利次郎は天満屋孝吉のことを思い出した。

「わざとらしいことをしたが、直接訊いては来なかったの。狂い犬よりは、多少ましか」

毛利次郎が小さく笑った。

「天満屋と闕所物奉行がつながっているなど、誰でも知っている話だ。今日は、いつ矢組が闕所物を襲うかを調べたかったのだろうな」

天満屋孝吉の目的を毛利次郎は知っていた。

「やり合えば、一太郎といい勝負。いや、人の心を持たぬ分、一太郎が勝つ。矢組は一太郎に追従はせぬが、求められれば浅草を攻める先兵とはなる。もっとも金次第だ。天満屋をやれと言われれば、千両はもらわぬと合わぬな」

口の端をゆがめながら、毛利次郎がつぶやいた。

「闕所物奉行の仕事が終われば、欠けた者を補わねばならぬな。一太郎から、別の任が申しこまれそうだ。いよいよ、始まるか、江戸の闇を巡る戦いが」

毛利次郎の姿が、夜へ溶けた。

老中水野越前守忠邦《えちぜんのかみただくに》のもとへ、鳥居耀蔵が訪れていた。

「夜分にもかかわらず、お目通りを願いまして、申しわけございませぬ」

鳥居耀蔵が平伏した。

「よい。どうせ、城中ではできぬ話であろう」

さっさと言えと、水野越前守が促した。

「二件続いての改易でございまする」

「あれか」

水野越前守が苦い顔をした。

「二件とも潰すには、あまりに弱すぎる理由でございましょう。水島が、思し召すことこれあり、青木が家中取り締まり不手際。五代将軍綱吉さまの御代までならば、まだしも、八代吉宗さま以来、できるだけ家を潰さぬとのお考えには逆行しておりまする」

疑問を鳥居耀蔵が口にした。

「儂にも子細はわかっておらぬ」

「ご老中さまにも……」

「うむ。すべて御用部屋を通らなかった。目付が上様へ直接お目通りを願って、その直後に裁断が降りた。我らが異を唱える間もなくな」

悔しそうな顔を水野越前守が見せた。

「目付でございまするか。誰でございましょう」

同僚といえども、目付は任の詳細を明かさない。誰がどれを担当しているかわからなかった。

「高橋源太夫《たかはしげんだゆう》」

「やはり高橋でございましたか」

鳥居耀蔵が渋い顔をした。

「目付の本分にもとる輩《やから》」

憎々しげな声で鳥居耀蔵が吐き捨てた。

戦陣における軍目付に端を発する目付は、公明正大が大前提であった。戦場での手柄の大小こそ、武士にとって死命を決する重大事、それを証明し、主君に対して保証するのが軍目付であった。軍目付は、戦いに参加することなく、自軍の将兵の動きを注視し、手柄や卑怯未練な振る舞いを主君へ報告した。主君は軍目付の言葉を疑うことなく、戦後処理をおこなう。それに対し、異議を申し立てる者は、厳しい処断を受けた。それほどの権威を軍目付が持っていたのは、公明正大の旗を背負っていたからであった。

その軍目付を引き継いだからこそ、目付は将軍へ直接目通りして、意見を述べることが許されているのだ。

「お側御用取次が、犬め」

高橋源太夫は、大御所家斉の寵臣、お側御用取次水野美濃守忠篤の腰巾着であった。

「それにしても、みょうでございませぬか。水島にしても青木にしても、大御所さまのお気に入り。このような状況となる前に、お救いの手が出て当然ではございませぬか」

「うむ。余もそう思った。たとえ、上様の裁決が出てからでも、大御所さまが望まれれば、忠節を理由に罪一等を減じることくらいはできる。それが、いっさいない。ここ数日、大御所さまは上様へ面会を望まれておらぬ」

鳥居耀蔵の疑問に水野越前守が首肯した。

「闕所の状況はどうなったのだ」

水野越前守が問うた。

「まだ水島の分しか、報告を受けてはいませぬが……」

鳥居耀蔵は、扇太郎からもたらされた闕所の顚末《てんまつ》を述べた。

「五千両余だと……六百石の旗本がか」

聞いた水野越前守が絶句した。

「我が藩の金蔵にもそんな金はないぞ」

浜松六万石の水野家は、実高十五万石と言われるほど裕福な藩であったが、江戸定府となる老中に就任したことで、経費がかさみ、藩庫は大きく傾いていた。

「まあ、それだけの金が幕府に入ったならば……」

「それが、金は勘定方ではなく、大目付山科美作守どのが、預かられたそうで」

「なにっ」

すっと水野越前守の目が細められた。

「闕所物奉行は抵抗したようでございまするが、なにぶん、大目付の支配を受けますので、断り切れなかったようでございまする。なんとか、受け取りに勘定方の立ち会いを認めさせはしたようでございまするが」

「……ほう。闕所物奉行ていどにしては、できた対応だの」

「わたくしもそう存じまする」

鳥居耀蔵も認めた。

「青木の闕所も、その者が担当いたすのか」

「はい」

「ならば、青木の闕所が終えたところで、余に報告を」

「承知いたしております」

深々と鳥居耀蔵が頭を下げた。

「下がっていい」

手を振って鳥居耀蔵を遠ざけた水野越前守は、一人になった書斎で小さくため息をついた。

「上様にご決断を願わねばならぬな」

水野越前守はそうつぶやくと、滞っている書類の決裁を再開した。

三

老中の登城は、なににもまして優先された。

「水野越前守さま」

大手御門を警衛している書院番士が、水野家の行列を見つけて、大声で叫んだ。

番所から出てきた書院番士が、大手門の左右に並んだ。大番所から駆け出した甲賀《こうが》組が、急いで平伏した。

老中は大手御門内、下乗《げじょう》御門まで駕籠《かご》で行くことが許されていた。供行列のほとんどを大手前広場に残した水野越前守の駕籠は、老中独特の刻み足という小走りのまま、大手御門を潜り抜けた。

登城していた役人や大名たちが、あわてて左右へとより、道をあけたうえ、ていねいに頭を垂れて、駕籠の過ぎるのを見送った。

「百万石と引き替えにしてもいい、一度でいいから、刻み駕籠に乗ってみたい」

外様《とざま》最大の金沢前田家当主に、そう言わしめるほど、老中の駕籠には権威があった。

「ご老中、越前守さま」

駕籠を降り、納戸御門を揚がると老中付きの御用部屋坊主が、水野越前守の家臣から弁当などの入った挟み箱を受け取った。

いかに老中といえども、御用部屋まで家臣を連れて入ることはできなかった。

「黄葉斎《おうようさい》」

御用部屋坊主に案内されて、下部屋についた水野越前守が呼びかけた。

「なにか」

挟み箱を置いた黄葉斎が問うた。

「上様のご都合を伺ってくれるように」

「わかりましてございまする」

首肯した黄葉斎が、駕籠の乗り降りで崩れた水野越前守の身形を整えた。

「ご苦労である」

満足げにうなずいて、水野越前守が下部屋を出た。

襖を閉めた黄葉斎が、一礼して水野越前守の一歩前へ立った。

「では」

黄葉斎が歩き出した。

「ご老中、越前守さま、通られまする」

人払いの声をあげる黄葉斎のあとを、水野越前守は誇らしげに胸を張って続いた。

十二代将軍家慶《いえよし》は、家斉の次男である。寛政五年（一七九三）生まれの家慶は、天保八年（一八三七）、四十五歳で父家斉を継いで十二代将軍となった。

しかし、西の丸へ移り大御所となった家斉によって、相変わらず幕政は握られており、家慶は飾り同然であった。

「何用じゃ」

水野越前守の目通りを、邪魔くさそうに家慶は迎えた。

「お人払いを願わしゅう」

「面倒な話はご免だぞ」

嫌そうな顔を家慶がした。

「なにとぞ」

じっと水野越前守が家慶を見上げた。

「皆、遠慮せい」

しぶしぶ家慶が命じた。

「…………」

無言で小姓たちが将軍お休息之間を出て行った。

「上様」

それでも水野越前守は、話を始めず、天井へ顔を向けた。

「庭番《にわばん》もか。あやつらは、語らぬぞ」

家慶が言った。八代将軍吉宗によって紀州から持ちこまれた隠密《おんみつ》、お庭番は四六時中将軍側にあって、その身辺を警固していた。

「是非にお願い申しあげまする」

「頑固なやつめ。離れておれ」

「ごめんを」

天井裏から小さな声が返ってきた。

「これでよいか」

「ありがとうございまする」

深く水野越前守は平伏した。

「で、なんだ」

家慶が訊いた。

「旗本二家へ改易を命じられたわけをお話し願いたく」

「水島と青木か」

苦い表情を家慶が浮かべた。

「余の命ではない」

「…………」

黙って水野越前守は聞いた。

「父から言ってきたのだ」

「大御所さまからでございまするか」

水野越前守が確認した。

「おかしいと思うであろう。そなたも」

少し家慶が身を乗り出した。

「だが、父の指示とあれば、逆らうことはできぬ」

悔しそうに家慶が膝を叩いた。

「ご心中お察し申しあげまする」

頭を下げて水野越前守が同情した。

「まあいい。余だけではないのだからな。大御所を抱《いだ》いた将軍は、皆、同じ思いであったであろう」

家慶が手を振った。

大御所とは、将軍が隠居した場合に与えられる尊号であった。長い幕府の歴史のなかで、初代将軍家康、二代将軍秀忠《ひでただ》、八代将軍吉宗、十一代将軍家斉の四人だけが、大御所となっていた。そのすべてが、大御所となってからも政を握り続け、息子たちは父の死まで人形同然の扱いを受けていた。

「いずれ天下は余のものとなる。父ももう六十七じゃ。そう遠くはない。そのおりは……」

暗い笑いを家慶が浮かべた。

「上様」

水野越前守が、注意をした。

「わかっておる。このようなこと、他で言わぬわ。越前だからじゃ」

本丸老中でありながら、家斉の手出しによって思うような施政をおこなえていない水野越前守を家慶は仲間として見ていた。

「恐れいりまする」

主君の信頼に、水野越前守は礼を述べた。

「話を戻すぞ。余は、よく知らぬが、二人とも父のお気に入りであったはずだ」

「でございましょう」

身の回りのことをさせるお小納戸と、家斉が大奥へ入っている間、西の丸を預かる留守居である。ほとんど毎日顔を合わすだけでなく、言葉も交わす。

「寵臣の屋敷が失火で焼けた。余ならば、すぐに代わりの屋敷をくれてやるぞ」

「それはそれでどうかと存じまするが……仰せが当然のご対応でございましょう」

最高権力を持つ将軍の贔屓《ひいき》は、天下に影響を及ぼす。水野越前守は苦笑したが、同意した。

「しかし、父は、二人からすべてを取りあげた。水島など腹切らされたのだぞ」

「はい」

切腹は武士に与えられる罪で、斬首に次いで二番目に重い。

「上様……」

静かな声で水野越前守が声をかけた。

「せぬぞ」

最後まで言わさず、家慶が拒絶した。

「父に意見なぞできるものか。それこそ、余が大御所にされてしまうわ」

「そのようなことは……」

「ないと断言できるか。前例はないが、大御所が将軍へ返り咲いてはならぬという決まりはないのだ」

「では、せめて目付高橋源太夫だけでも、罷免していただけませぬか」

「今は無理じゃ。我慢せい。余も耐えておるのだ」

「……上様」

水野越前守は、それ以上言えなかった。

「お目通りありがとうございました」

「うむ。下がってよい」

家慶が退出を許した。

「では」

立ちあがって背を向けた水野越前守を、家慶が呼び止めた。

「越前」

「はっ。なにか」

振り向いた水野越前守が、片膝をついた。

「無理をするな。そなたが幕閣からいなくなれば、余の政を担う者がいなくなる」

ゆっくりと家慶が話した。

「父の、大御所のおかげで幕府の金蔵は底をついた。金がないのは武器がないのと同じだ。戦うことができぬ。今、薩摩《さつま》、加賀《かが》、伊達《だて》が与《くみ》して江戸へ攻め上ってくれば、幕府に戦うだけの金もものも人もない」

「…………」

水野越前守はなにも言えなかった。

「辛抱せい。なにもせず機を待つのも、政の一つぞ」

「恐れ入りまする」

深く水野越前守が礼を述べた。

青木の闕所は水島より手間がかかった。

「札差に金を預けているとは思ってもいなかったわ」

扇太郎は大きく嘆息した。

「その割にうまみはございませんでしたが」

天満屋孝吉が苦笑した。

青木一馬の財産は、水島外記と違って現金ばかりであった。青木は現金を札差に預け、運用益を受け取っていた。

札差は、旗本御家人の禄米を委託されて売るのが商売であった。当初は預けられた米を売り払い手数料を取っていたが、やがて金に困った旗本御家人たちに金を貸し始めた。なにせ、禄米を担保にできるのだ。取りはぐれる心配はない。一年に一割をこえる高利だったが、金を借りる伝手《つて》を持たない旗本御家人にとって、札差は累代の家宝をよこせとか、娘を嫁にくれとか言い出さないだけ、ありがたい相手であった。

やがて旗本御家人から大名へと金を貸す範囲を広げた札差に、余っている金を預ける連中が出てきた。預けられた金は、札差を通じて、大名旗本御家人へと貸し付けられ、その利の一分が、金主に還元された。

青木一馬の資産は、現金とわずかに火事場から持ち出すことのできた宝物だけであった。

「赤字とまでは言いませぬが、儲からぬ闕所でございました」

水島外記の闕所が大儲けだっただけに、天満屋孝吉の表情は沈んでいた。

「まあ、そう言うな。二家を合わせれば、かなりのものであったろう」

扇太郎はなぐさめた。

「しかし、青木がこれほど金持ちであったとは、驚きだ」

大きく扇太郎が嘆息した。

奉行所として貸し出している屋敷の一室に置かれた千両箱の数は十一あった。

「西の丸留守居とは、それほどに役得が多いものでございましょうか」

興奮しながら、大潟が問うた。

「札差に預けていた利子も大きいだろうが……」

千両箱を見ながら、扇太郎は言った。

「西の丸留守居になる前、奥右筆組頭だったからな、青木は」

「そうだったのでございますか。奥右筆組頭さまでございましたか」

手代たちが納得した。

奥右筆組頭は、幕府におけるすべての公文書を扱った。奥右筆組頭の身分は勘定吟味役の次席とさして高くはないが、その権は老中若年寄に比肩するといわれるほど強かった。もともと奥右筆は、五代将軍を継いだ綱吉が、老中若年寄たちに奪われていた政の実際を、取り戻すために新設したものである。

「お預かりいたしましょう」

綱吉は、奥右筆組頭に、どの文書をいつ扱うかを決める力を与えた。それが、たとえ老中の出した文書であろうとも、奥右筆の手を通らねば、効を発しないのだ。政だけではなかった。大名旗本御家人の婚姻、相続、隠居、死亡、出生にかかわるすべての文書も奥右筆の手を介さないと認められない。

世継ぎなきは断絶。末期養子を認めた八代将軍吉宗の緩和はあったとはいえ、家康の定めた祖法である。許可が出ず、ときを浪費してしまえば、末期養子さえも成り立たないことになった。奥右筆ににらまれれば、家の存亡につながる。大名、旗本たちは、こぞって奥右筆の機嫌をとった。

その結果が、青木の財産であった。

「青木は水島と違って、もらったものをすぐに換金していたようだな」

積み上げられた千両箱が、雄弁に物語っていた。

「これも割り前なしでございまするか」

情けなさそうに若林が言った。

「すまんが、そうなるな。ものと違って、金だからな。札差を少し調べれば、どれだけの金が闕所物奉行所へ渡されたかなど、すぐにわかる。一両でも私したら、首が飛ぶぞ」

扇太郎は若林をたしなめた。

「承知いたしておりまするが……」

二十俵二人扶持では、生活していくのも難しい。薄禄の手代たちにとって、闕所の割り前は、まさに命の蔓《つる》であった。

「これをどうぞ」

天満屋孝吉が懐から三十両出した。

「これは受け取れぬぞ」

あからさまな賄賂はさすがにと、扇太郎は拒否した。

「大丈夫でございますよ。これは、前回、水島さまの闕所、そのとき隠せたものから出た余得でございますから。ただし、御奉行さまの分は入っておりません。御奉行さまにはこれを……」

後ろに置いていた風呂敷包みを、天満屋孝吉がほどいた。

「これは……太刀。あれか」

すぐに扇太郎は気づいた。水島家の蔵から出た正宗であった。

「ようやく拵えがそろいましたので、お持ちしました」

「かたじけないが……あの金は」

板の間に置かれた小判を、扇太郎は指さした。

「これは……白鞘を売った代金で」

「あんなものが、こんな金額で売れるはずはないだろう」

正宗を納めていた白鞘は、古びて黒ずんでいた。

「だからこそでございますよ」

天満屋孝吉が笑った。

「そのからくりは……奥で」

興味深げに聞いている手代たちを、天満屋孝吉が示した。

「……わかった。では、遠慮なくもらおう」

一度受け取った三十両を扇太郎は、大潟の前へと滑らせた。

「皆で分けるがいい」

「よろしゅうございますので」

うれしそうに大潟が言った。

「礼は天満屋に言ってくれ」

立ちあがって、扇太郎は奥へと入った。

少しして天満屋孝吉が顔を出した。

「酒をと言いたいところだが、あの金を届けなきゃならぬ。麦湯で勘弁してくれ」

「いえいえ。お気遣いなく」

天満屋孝吉が首を振った。

「ところで、鞘のことだが」

「ああ。あれは、鞘に値打ちがございますので。失礼ながら、先ほどの太刀には、銘がございませぬ」

「正宗は、あまり銘を打たなかったようだしな」

扇太郎も正宗のことはあるていど知っていた。

「はい。正宗であると証明するために、本阿弥光悦の鞘書きがつけられた」

「うむ。この刀にもついていた」

「おわかりになりませんか」

「……まさか、正宗の偽物を」

大きく扇太郎が息をのんだ。

「天満屋、おぬし、この刀が出てきたときに、素性が知れるから売りにくいと申したではないか」

「言いましたな」

「それと鞘を売るのでは矛盾しているぞ。鞘があるから正宗なのだろう。では、鞘だけでも、素性が知れようが」

「そのまま太刀に使えば、すぐにばれましょうなあ」

にやりと天満屋孝吉が笑った。

「鞘を作り替えたのか」

「幸い、わたくしのもとに無銘ながら、なかなかできのいい脇差が一本ございまして……」

「よいのか、正宗ともなると、他人目《ひとめ》を引くぞ」

扇太郎が危惧した。

「そのへんは、ご心配なく。表に出せなくとも正宗が欲しいというお方がおられますので」

天満屋孝吉が口出しするなと言った。

「さて、金を届けに行くか」

「お手伝い申しましょう。三人ほど連れて参りましたので」

「頼むぞ」

町人の闕所でなかった。いつもなら町奉行所の手を借りるのだが、さすがに管轄外の旗本闕所で甘えるわけにはいかなかった。

厳重な警戒のなか、金は無事に山科美作守へ届けられた。

四

勘定奉行三井摂津守《みついせっつのかみ》は、配下の勘定方から報告を受けて、嘆息した。

「あわせて一万七千両か。それだけあれば、一月《ひとつき》は金策を考えずともすむ」

「…………」

初老の勘定方は、なにも言わなかった。

「大御所さまのお子さまを、縁づけるためとはいえ、無茶なことをなさる」

三井摂津守は、肩の力を落とした。

大御所家斉には、あわせて五十四人の子供がいた。もちろん、すべてが成人したわけではない。死産、若年死も多く、無事に育ったのは半数にも至らなかった。それでも二十人をこえる子女が、家斉にはいた。

一人は将軍を継ぐ。残りが問題であった。姫はまだよかった。そこそこの家柄の大名へ押しつければすんだ。もっとも押しつけられたほうは、殿さまより偉い奥方さまに苦労することになるが、幕府の知ったことではない。困るのが男子であった。

すでに御三家御三卿という別家があるのだ。あらたな分家をつくる意味もなければ、余裕もなかった。

となると男子は、大名の跡継ぎとして養子に出すしかない。

「世継ぎのいない大名など、しれておるからなあ」

大名にとって、跡継ぎなしほど怖いものはなかった。どこも必死で殿さまに女を与えて子作りに励ませている。それでも子供のできない大名もあるが、将軍の息子を養子に迎えたがることはなかった。婿養子ならばまだしも、単なる世継ぎとしてくるならば、代々の血が途絶える。血筋を何よりと崇める武家社会において、血を引いていなければ、将軍の息子といえども、価値は低かった。

「無理矢理押しつけるとなれば、なにか、相手の得になることを用意せねばならぬ」

肩の高さを落とすほど、大きなため息を三井摂津守が漏らした。

「かといって領地を増やすわけには行かぬ」

天下に余っている領地はなかった。

大名の領地を除いたものが幕府領であった。幕府領のなかから、旗本の領地を引いたものが、幕府の歳入であった。もっともそこから禄米取りである旗本御家人の取り分、役料を除いた残りで、幕府は政をおこなっている。

ここに幕府の矛盾があった。幕府領は徳川の領地であり、幕府のものではない。しかし、幕府はその徳川の収入で天下の仕置きをやっている。いかに幕府領が諸大名とは比べものにならぬとはいえ、天下を賄うにはほど遠い。ぎりぎりどころか、足りないのだ。そんな幕府が、将軍の息子の持参金として領地を出すなど、できる話ではなかった。

「なんとかなるのは、将軍家お手元金下賜と官職昇進くらいか」

お手元金下賜は、その名の通り現金をくれてやることであり、官職昇進は、代々家ごとで決まっている官職を、一つほど進めてやることである。五位から四位に上がるだけで、家の格はずいぶんと変わってくる。将軍の息子が当主である間だけとはいえ、城中での席次が上がる。大名の集まりなどでは、この差が大いにものを言った。

「この金がどう使われるのやら」

一万七千両と書かれた紙を懐へしまいながら、三井摂津守は仕事へと戻った。

山科美作守から渡された金を、西の丸金蔵へ納めた御側御用取次水野美濃守忠篤は、その足で林肥後守忠英《はやしひごのかみただふさ》のもとへと急いだ。

「一万七千両もあったそうだな」

林肥後守忠英が興奮した。

「この目で確認してきた」

「一千石未満の旗本二つで一万七千両は、なかなかに結構な」

満足だと林肥後守忠英が首肯した。

「どれだけの者を手中にできるかの」

「うむ。江戸家老、次席家老、組頭に中老。家老職に一千両、その他に五百両として、一家に二千両から多く出して三千両。八軒ほどは、どうにかなるだろう」

すばやく林肥後守が計算した。

「しかし、陪臣どもへ金を撒かずば、将軍家お血筋といえども、片付けるのは難しい。なんとなげかわしいことか」

「……本来ならば、諸手《もろて》を挙げて喜ばなければならぬというに」

「ときのながれというやつであろうなあ」

林肥後守が嘆息した。

「このようなこと、大御所さまには申し上げられぬが、ようするに、数が増えればありがたみも減るということか」

水野美濃守も息を吐いた。

「しかし、水島と青木にはかわいそうなことをしたの」

「仕方あるまい。布石だからの。大御所さまの寵臣《ちょうしん》二人を最初に生《い》け贄《にえ》としておけば、将軍家側近だから、罪に落とさず見逃すが使えなくなる」

「それはそうだが……」

「肥後守、水島は罰よ。大御所さまに仕えているにもかかわらず、将軍家へ誼《よし》みを求めようなど論外ぞ」

怒りを含んだ声で水野美濃守忠篤が述べた。

「御小納戸は、恐れ多くも大御所さまのお身体に直接触れる。大御所さまのご体調については奥医師よりも詳しい。その大御所さま毎朝の体調を、上様方の者へ流していたなど論外」

隣の部屋から家斉の手首に巻いた絹糸を引っ張ったり緩めたりして脈をとり、健康を推しはかっている奥医師などより、着替えとか髷《まげ》を結うなどで近づいている御小納戸が、よほど家斉の体調を熟知するのは当然であった。

「水島が腹切らされたのは当然の報いだとしてもだ。大御所さまは大事ないのか」

若年寄として本丸へ詰めている林肥後守忠英は、家斉の側にいる水野忠篤ほど事情に詳しくはなかった。

「奥医師によると、荒淫による腎の疲れだそうだ」

「薬の手配は」

「密《ひそ》かに松前《まつまえ》藩へ人をやり、海獣の精を求めさせてはいるが、なにぶんにも遠き蝦夷《えぞ》の地でなくば手に入らぬもの。早急には難しい」

水野忠篤が首を振った。

「海獣の精とは、たしかおっとせいのなにを干したものであったな」

「そうじゃ」

「江戸の薬屋で持っているところがあるやも知れぬ。そちらは、拙者がしよう」

「頼んだ」

林肥後守忠英に水野美濃守忠篤が頼んだ。

「それよりも大御所さまへ、大奥通いをご辛抱願うべきではないのか」

「貴殿が申し上げるか」

水野美濃守忠篤が冷たい目で見た。

「それは……」

詰め寄られた林肥後守忠英が詰まった。

かつて家斉が将軍であったころ、同じことを進言して、左遷された者は多い。いかな寵臣であろうとも、大奥の話だけは禁句であった。

「であろう。なにせ、大御所さまが、まだ一橋《ひとつばし》の館におられたころからの習慣だでな。変えることは難しい」

小さく水野美濃守忠篤が首を振った。

十代将軍家治《いえはる》の跡継ぎが若死にしたことで十一代将軍となれた家斉は、御三卿一橋家の出であった。わずか九歳で将軍世子となって江戸城へあがる家斉、当時の豊千代《とよちよ》に、一橋家は、一つのことを約束させた。毎日大奥へ通い、多くの女を抱き、できるだけ子供を産ませる。

「お前の仕事は、将軍の血筋をふたたび他家へ持って行かれぬよう、一人二人が死んだところでびくともせぬだけの子を作ること。それだけよ」

家斉の父治済《はるさだ》は、まだ男女のことなど何も知らぬ子供へ、厳しく申しつけた。そして家斉は父の命令に唯々諾々として従った。

「父君さまのお言葉を無にするようなまねは、できぬな」

あからさまな保身を林肥後守忠英が口にした。

「かといって、大御所さまに万一があれば、我らは終わりぞ。なにせ、上様に厭われておる」

「わかっておる。なればこそ、少しでも大御所さまに長生きしていただこうと手を尽くしておる。あと、上様の負担となるご弟妹方を諸大名へ片付けて、功績をあげようとしておるのだ」

「ためには、金が要るか」

「ああ」

水野美濃守忠篤が首肯した。

「そういえば、水島と青木が金を集めた闕所物奉行の口は封じずともよいのか。名前は知らぬが、闕所物奉行は、あの目付鳥居耀蔵の紐《ひも》付きだというではないか。鳥居耀蔵は老中水野越前守についているという。水野越前守に口を挟まれては面倒だぞ」

林肥後守忠英が問うた。

「すでに手は打ってある。水野越前守はまもなく幕府から消える」

大きくうなずきながら水野美濃守忠篤が応えた。

「さすがだな」

「そういえば、大目付山科美作守から、みょうな者が闕所物奉行を通じて牽制してきたと話があったぞ」

「みょうな者だと」

「ああ。なんでも水島の金を大目付に納める寸前に、天下のためにならぬゆえやめろと闕所物奉行へ申したそうだ」

「天下のためにならぬか」

下卑た笑いを林肥後守忠英が浮かべた。

「上様の手だな」

水野美濃守忠篤が断じた。

「まちがいあるまい。気にするほどのことはない。口を出すのが精一杯で、それ以上なにもできぬ」

「しかし、上様へ我らの企みが漏れているとの証《あかし》ぞ」

「漏れたところで、なにもできぬわ。上様のために大御所さまへ抗って死ぬだけの肚をもつ者などおらぬ。誰でも吾が身はかわいい」

嘲笑を水野美濃守忠篤が浮かべた。

「とはいえ、漏れたは問題よな」

「どこから漏れたかは、よく調べねばなるまい。やはりかかわる者が多すぎたか。大目付に目付、勘定方、そして闕所物奉行」

指を折って林肥後守忠英が数えた。

「ううむ。じつは闕所物奉行の口を封じる手立てを講じたのだが……」

「ちとまずいな。こうなったなれば、秘密を知るものは限定したほうがいい。闕所物奉行はすべてのことが終わるまで生かして使うべきである」

林肥後守忠英が提案した。

「であるな。ところで、そちらこそ大丈夫なのか。上様に権が渡るようなことにならぬよう、御用部屋をしっかり摑んでいてもらわねばならぬ」

「安心せい。老中の半分以上、若年寄のすべては、こちら側よ。水野越前守が一人で騒いだところで、どうにもならぬ」

自信ありげに林肥後守忠英が述べた。

「互いに力を尽くそうぞ。田沼主殿頭《たぬまとのものかみ》の二の舞とならぬようにな」

「うむ」

顔を見合わせて林肥後守忠英と水野美濃守忠篤が力強く首肯した。

五

無事に金を届けた日、扇太郎は久しぶりに酒を飲んだ。

「ふうう」

朱鷺が酌してくれた酒を、一気にあおって扇太郎は大きく息を吐いた。

「佃煮《つくだに》か」

すでに夕餉はすんでいる。膳の上に載っているのは、酒の肴《さかな》であった。

「大潟さまから。ご自宅で煮られたとか」

盃へ酒をつぎながら、朱鷺が言った。

「それはありがたいな」

扇太郎は佃煮をつまんだ。

「一人で飲んでいる。先に風呂をすませてしまうといい。吾は、酔い覚ましに、行水でもする」

「……はい」

言われた朱鷺がほほを染めた。

風呂に入ったあと、朱鷺は扇太郎とともに寝ることになる。

朱鷺が扇太郎の部屋から出て行った。

「このくらいにしておくか」

扇太郎は盃を置いた。

庭には大きなたらいが出されていた。すでに水も満たしてある。暑くなると風呂よりも行水を好む扇太郎にあわせて朱鷺が準備してくれていた。

「…………」

誰が見ているわけでもない。扇太郎はふんどしまで外して、素裸になるとたらいに身を沈めた。

「ぬるいな」

夕方から張られていたたらいの水は、夏の日差しで温められていた。

「正宗か」

扇太郎は手に入れた銘刀中の銘刀に思いをはせた。

「手になじませるに少しかかるな。重すぎる」

天満屋孝吉が用意してくれた拵えに問題はなかった。いや、かなり上物であった。黒《くろ》漆《うるし》の鞘、鍔、柄糸《つかいと》とどれをとっても八十俵の御家人の手が届くものではない。

「大刀をすりあげたものが多いとは聞いていたが……」

鎌倉に幕府があったころの刀工である正宗は、当時はやっていた形で太刀をうった。槍《やり》ではなく馬上で刀を振るって一騎打ちをおこなっていた源平の合戦では、鎧《よろい》を身にまとった相手を斬らなければならないのだ。当然、太刀は今のものより長く太かった。しかし、三代将軍家光によって、大太刀が禁止された今、いかに銘刀とはいえ、そのままの大きさで持つことはできなかった。そこで、正宗のほとんどは、中子《なかご》を断ち切られ、柄元をすりあげて、短くされた。

扇太郎の正宗も同じであった。

「本来の重心とは違う。少し、前に偏っている」

大目付へ金を届けて帰ってきた後、扇太郎は正宗を使ってみた。

「太刀に引っ張られて腰が浮きかねない。その分、伸びるが、一撃は軽くなる」

庄田新陰流は、切っ先の凝りを何より嫌う。絶えず、筋が固まらないようにと太刀を動かす。その基本から行けば、正宗は都合悪かった。

「飾っておくか」

正宗の刀身、その美しさは格別であった。

「しかし、使わぬというのは、余りに惜しい」

扇太郎は正宗の魅力に取り憑《つ》かれていた。

普段、扇太郎が使っている太刀は、無銘だがなかなかのものである。重心の位置も、重さも、扇太郎の形によく合っていた。

対して正宗は違いすぎた。

「難しいな」

扇太郎は首を振った。

人の身体というのは習い覚えた動きをするときは、早くよどみがない。逆に、慣れていないときは、なめらかさを失い、遅くなる。

「正宗に慣れれば、今の太刀は遣えなくなる」

小さく扇太郎はため息をついた。

己でも、単に正宗という銘刀を使ってみたいだけなのだとわかってはいた。正解は、今まで慣れてきた太刀を遣い続けることだとも理解していた。

「しかし、生涯でこれほどの太刀を手にできることはもうない」

表に出せないものだからこそ、扇太郎のものとなった。扇太郎が持っていたところで、誰も正宗だとは思わない。

「殿さま」

縁側から声がかかった。風呂からあがった朱鷺が、浴衣姿で立っていた。

「あ、ああ。もう出たのか」

女の風呂は長い。それ以上長く扇太郎は行水に浸っていた。

「背中を流してくれ」

「はい」

庭下駄を履いた朱鷺が、近づいてきた。


深川安宅町は御家人の屋敷と水路が入り交じっていた。水路といったところで、湿地であった深川を埋め立てる便宜上、排水のためにもうけられたもので、それほど大きなものではなかった。

扇太郎の屋敷から少し離れた水路を、二艘《そう》の猪牙舟《ちょきぶね》が進んできていた。

「ここでいい」

船頭に命じたのは、三矢であった。

「そこの河岸《かし》へ付けやす」

船頭が櫓《ろ》を棹《さお》に変えて猪牙舟を止めた。

「行くぞ」

三矢が岸へとあがった。

「場所はわかっているな」

「ああ。あの辻向こうに見える屋敷だ」

問われて応えたのは一矢であった。

「よし」

手を振って三矢が、進発した。

「八矢」

榊の屋敷の門前で三矢が口を開いた。

「なんだ」

「裏へ回ってくれ」

「儂は後詰めぞ」

八矢が述べた。

「わかっている。なればこそ、裏から逃げられたときの備えを頼んでいるのだ」

「いいのか、裏にいては、いざというときの援助はできぬぞ」

八矢が警告した。

「いざ……四人もいてか」

三矢が笑った。

「いまどきの御家人は、奉公人さえ雇えない。なかにいるのは、闕所物奉行と、台所の女中一人。これでどうやっていざというのを作れというのだ」

「二人でかかって手も足も出なかったと聞いたぞ」

すっと八矢が目を一矢へと向けた。

「あれは油断したからだ」

一矢がかみついた。

「次矢を死なせた者が口にしていい言葉ではないだろう」

八矢がたしなめた。

「うっ……」

「三矢」

「なんだ、八矢」

呼ばれた三矢が応えた。

「こいつを連れてとわかったうえで、裏へ回れと言うのだな」

「ああ。前から全力で当たるべきと考えた結果だ」

三矢が首肯した。

「ならばよい。今回のすべては貴殿に預けられている」

八矢が裏へと向かった。

「一人は庭へ、残りは玄関から攻め入る」

「承知」

六矢が首肯した。

「矢組の名前を汚すな。行くぞ」

一矢に蹴られて潜り門が壊れた。

潜り門が破られる音がしたとき、扇太郎は夜具のなかで朱鷺を抱き寄せたばかりであった。

「朱鷺、押し入れのなかへ」

矢組の襲撃があるとわかっていた扇太郎は落ち着いていた。

「……はい」

一瞬気遣わしげな表情を浮かべたが、己が足手まといであると十分承知している朱鷺はすぐに従った。

立ちあがった扇太郎は、脱ぎかけていた浴衣をしっかりと身につけた。木綿の薄い洗いざらしものであったが、一枚あるのとないのとでは、刃のとおりが違った。

「………」

扇太郎は床の間に置いてある太刀のどちらを選ぶかで、刹那《せつな》迷った。小さく首を振った
扇太郎は、使い慣れた太刀を手にした。

続いて脇差を鞘ごと、縁側近くの廊下へ転がした。

「来たか」

足音が近づいてきた。

「三人か」

駆けてくる足音の違いから扇太郎は人数を知った。

「ならば、座敷で待つは愚策」

二人ならば前後ですむ。背中に壁を背負えば、左右に気を配るだけでいい。だが、三人
となると事情がかなり変わった。

扇太郎は部屋を出て、縁側で太刀を抜いた。

「いたぞ」

先頭に立っていた一矢が声をあげた。

「また、おまえか」

二度目の出会いに扇太郎は、盛大にあきれた顔をした。

「黙れ。先夜の恨み、今晴らす」

一矢が叫んだ。

縁側の幅は、半間（約九十センチメートル）しかない。二人並んで扇太郎を襲うことはできなかった。

「どうした、勢いだけか」

扇太郎は一矢の喉へ切っ先を合わせた。

「……うっ」

足を止めた一矢がうめいた。

「まんざら馬鹿でもないということか」

一矢の後ろから声がした。

「誰だ。毛利なんとかと名乗った男じゃないな」

「党首どのが来られるまでもない。三矢と言う。最初で最後の顔合わせだが、よしなに願おう」

三矢が名乗った。

「この間は党首が来て、惨敗だったぞ」

嘲笑をこめて、扇太郎が煽った。

「今夜もそうだと思うなよ」

笑いながら、三矢が叫んだ。

「六矢、来い」

扇太郎の背後で、雨戸が吹き飛んだ。破られた雨戸のところから、六矢が縁側へとあがってきた。

「つっ……」

「ふふふ。逃げ場がないぞ。あきらめろ」

苦い顔をした扇太郎へ、三矢が勝ち誇った。

「雨戸の修理代は誰が出してくれるというのだ」

「なんだと」

扇太郎の言葉に、三矢が驚愕した。

「前後を挟んだだけで、勝ったつもりか。やれ、毛利とやらもたいしたことはないな。このような奴《やつ》に任せるとは」

「こやつ……」

挑発に乗ったのは、六矢であった。

「動くな」

三矢の制止は遅かった。扇太郎の背中を狙った六矢は、勢いのまま太刀を突き出した。

「ふっ」

息を抜くように吐いた扇太郎は、雨戸へ身体をぶつけるようにして庭へ出た。

「なにっ」

空を切った六矢がたたらを踏んだ。

地に足が付いた反動を利用して、身体の向きを変えた扇太郎は、庭から太刀を突き上げた。

「ぐっ」

左の脇腹を破られた六矢が崩れた。

「ちっ、広がれ」

あわてて三矢と九矢が、庭へと降りた。

「次矢だけでなく、六矢まで……」

頭に血がのぼった一矢が、縁側から太刀をぶつけてきた。梁《はり》にぶつからぬよう、小腰を屈めたところなどは、手慣れていたが、焦りで間合いをまちがった。

一矢の一撃は、扇太郎に二寸（約六センチメートル）届かなかった。

「やあぁ」

庭へ出た三矢が、太刀を使って牽制してきた。

「えいやあ」

気合いだけ扇太郎は応えたが、一矢と対峙《たいじ》しているため、振り返ることはできなかった。

「九矢、同時に行くぞ」

「おう」

三矢と九矢が顔を見合わせた。

「りゃああ」

「死ね」

九矢と三矢が扇太郎の背中目がけて斬りかかった。

「とう」

扇太郎は手にしていた太刀を九矢へ投げつけ、頭から飛びこむように縁側へ転がりながらあがった。

「ぐへえええ」

胸に太刀をはやして九矢が死んだ。

「こやつが」

縁側で前転して座敷へ戻ろうとした扇太郎へ、一矢が太刀を振るった。

「……つっ」

丸めた背中をかすられた扇太郎は、小さな苦痛を漏らした。

「逃がすか」

一矢が扇太郎の後を追って、座敷へ足を踏み入れようとした。

「………」

扇太郎は襖際に転がしておいた脇差を摑《つか》み、起きあがった。

「遅い」

まだ抜いていない脇差を見て、一矢が太刀を振りかぶった。

「くたばれ」

力一杯、一矢が太刀を落とした。

「えっ」

一矢の太刀は、扇太郎ではなく鴨居《かもい》に食いこんでいた。頭に血がのぼった一矢は、屋内で太刀を頭上に振りかざすという失敗をおかした。

「ふっ」

息を抜くような気合いを発して、扇太郎は一矢の右脇腹を脇差で裂いた。

「あう」

肝臓を断たれて、一矢が即死した。

「なんということだ」

庭では三矢が呆然としていた。

「矢組三人が、一人に……」

「なめてかかるからだ。平地で三人に襲われれば助からぬ。わざわざ数の有利を使えぬ屋内を戦いの場所に選んだ。それも、相手の屋敷だ。地の利を最初から捨てているも同然。それで勝てるはずも……」

「黙れ」

扇太郎の言葉を三矢が遮った。

「こうなってしまえば、もう拙者に生き残るすべはない。党首は許してくれぬであろう」

三矢の雰囲気が変わった。

「……死兵となったか」

思わず扇太郎は息をのんだ。

「一人では死なぬ。きさまも道連れにしてくれるわ」

太刀を下段に落として、三矢が縁側へとあがった。

「まずい」

鴨居へ引っかけることのない下段に対するに、短い脇差は不利であった。しかし、今更背を向けて、床の間にある正宗を取ることはできなかった。

「くたばれ」

座敷に足を入れたとたん、三矢が斬りかかった。

「……つうう」

鋭い切っ先から目を離さず、かろうじて扇太郎はかわした。

「重い」

扇太郎は三矢の一撃が生みだした風のすさまじさに驚いた。脇差で受けていたならば、折られていた。

「逃がすか」

ふたたび三矢が下段から斬りあげてきた。

「…………」

身体を畳に投げ出すようにして、扇太郎は避けた。

扇太郎と三矢の位置が入れ替わった。

「どうした。それでは、勝てぬぞ」

二度の斬撃で、扇太郎に反攻の手段がないと知った三矢が、笑った。

「ううむ」

脇差を青眼に構えながら、扇太郎は唸った。

「地獄で一矢たちに詫びて来い」

三矢が三度目の下段に構えた。

「殿さま」

押し入れから飛び出した朱鷺が、床の間の正宗を手に取った。

「朱鷺」

「なんだ、女か」

三矢の切っ先が一瞬朱鷺へとずれた。

「逃げろ」

扇太郎は焦りの声をあげた。

「これを」

朱鷺は手にした正宗を鞘ごと扇太郎へと投げた。

「この女《あま》」

一歩三矢が朱鷺へと踏み出した。

「させるか」

扇太郎は脇差を三矢目がけて投げた。

「喰らうか」

三矢が脇差を太刀で払った。

「よし」

放り投げられた正宗を扇太郎は受け止めた。

「馬鹿め、抜く間はやらぬ」

朱鷺から三矢が扇太郎へと狙いを変えて、斬りかかってきた。

「おうりゃああ」

扇太郎は鯉口を切りざま、鞘を左手で後ろへ捨てた。右手だけで正宗を薙いだ。

切っ先に重みがあるだけ、正宗が伸びた。一寸（約三センチメートル）ほどの差で正宗が早かった。

「……うああ」

正宗は三矢の胸を水平に割り、切っ先が心の臓へと届いた。

すさまじいほどの血が噴き出し、三矢が即死した。

「殿さま」

血だまりを気にすることなく、朱鷺が扇太郎に飛びついた。

「助かった」

「…………」

朱鷺が頭を小さく振った。

「誰だ」

背後に気配を感じた扇太郎は、庭へ目をやった。

「これは野暮なことをいたしたようでござるな。拙者八矢と申す者」

裏から入ってきた八矢が名乗った。

「矢組か」

「さようでござる。ああ。お気遣いなさるな。わたくしは、戦う気をなくしましたのでな。四人で勝てぬお方に一人で挑むだけの度胸も腕もございませぬ」

八矢が首を振った。

「では何用だ」

朱鷺をそっと離して、扇太郎は問うた。

「五人も失って名も地に落ちました。これで、矢組も終わりでございますのでな。抜けようかと。つきましては江戸を去る金が要りようとなりますので、この者たちの財布をいただきたく」

「仲間の死に金を奪うか」

扇太郎はあきれた。だが、扇太郎も、気を緩めてしまっていた。もう一度戦うだけの気力を戻すのは辛《つら》かった。

「死人は金を遣いませぬので」

「死体の始末をする金が要る。こいつの分はあきらめろ」

三矢を扇太郎は指さした。

「しかたございませぬ。三人分で辛抱いたしましょう」

太刀を外した八矢が、一矢と六矢と九矢の懐を探った。

「矢組の残りは党首を入れてあと四人。おそらくあと一度しか戦う力を持ちませぬ。ですが、必死で参りますぞ。お気を付けなされ。では、これにて」

忠告を残して八矢が庭先から消えていった。

「みょうな野郎だ」

扇太郎は嘆息した。

「殿さま」

そっと朱鷺が扇太郎の肩に触れた。流血はすでに止まっていたが、軽い痛みがぶり返した。

「手当を頼む」

「はい」

朱鷺が、台所へ水を汲《く》みに走った。

「さて、この後始末はどうするか。また、水屋《みずや》に頼むしかないな」

ようやく扇太郎は肩の力を抜いた。

第四章　裏切り

一

越前松平三十二万石の家老本多志摩守《ほんだしまのかみ》は、水野美濃守忠篤の屋敷へ呼び出されていた。

「夜中《やちゅう》になってすまぬな。なにぶん御側御用取次は、大御所さまが御寝《おやすみ》になられるまで、西の丸で控えておらねばならぬのでな」

一刻（約二時間）以上待たせた言いわけをしながら、水野美濃守忠篤が上座へ腰を下ろした。

「いえ。お役目でお疲れのところ、お声をおかけいただき、恐れいりまする」

本多志摩守が、深く頭を下げた。

親藩越前松平、その筆頭家老とはいえ、御側御用取次の前では、ただの陪臣でしかなかった。

越前松平家は幕府から制外《せいがい》の家として、格別な扱いを受けていた。制外とは、法の適応を受けないとの意味である。越前松平家は、武家諸法度に従わずともよいと二代将軍秀忠によって許されていた。初代藩主秀康《ひでやす》が二代将軍秀忠の兄であったからだ。

もっとも、制外を適応されたのは、初代藩主秀康だけであり、二代以降は制外の家という名前を受け継いではいたが、実際は武家諸法度の決まりに従わされていた。それでも越前松平は徳川から御三家に次ぐ親戚扱いを受ける格別の大名として、尊重されていた。

「志摩守よ」

「はい」

「斉善《なりさわ》さまが、お亡くなりになられてそろそろ一年になるな」

水野美濃守忠篤が言った。

「早いものでございまする」

悼《いた》ましそうに本多志摩守が表情を曇らせた。

「御年十九歳であられたか」

越前松平家十五代藩主斉善は、大御所家斉の二十四男であった。養父斉承《なりつぐ》の死により封を継いだが、わずか三年で病死していた。

「さようでございまする」

「お若い。あまりにお若い」

わざとらしく水野美濃守忠篤が膝を叩いた。

「大御所さまのお嘆きもどれほどでござったか」

「かたじけなきことでございまする」

本多志摩守が頭を傾けた。

「大御所さまのお心に痛みを生じさせましたこと、まこと申しわけなく存じおりまする」

畳に額をつけたまま本多志摩守が述べた。

「うむ。ついてはじゃ。大御所さまのお心をお慰めするに、よい方法があるのだが……」

つけこむように水野美濃守忠篤が話を始めた。

「大御所さまには、まだお一方、大奥に姫君がおられる」

「まさか……」

そこまで聞いた本多志摩守が顔を上げた。

「永姫《ながひめ》さまを、十六代ご当主慶永《よしなが》どのが正室に迎えられれば、さぞかし大御所さまもご安心なさろう」

「ですが、永姫さまは、一橋斉位《なりくら》さまがご正室と……」

「斉位さまが、すでにお亡くなりになっていることは、存じておろう」

「……はあ」

力なく本多志摩守が応えた。

家斉の二十六女である永姫は、ご三卿一橋斉位との婚姻が整い、天保六年に大奥を出て、一橋の館へ移り、あとは婚姻を待つばかりとなった。その矢先、一橋斉位が病死してしまった。

これが一橋館へ引っ越す前ならよかった。許嫁《いいなずけ》に死なれた姫として、新たな婚姻先が探され、ふさわしい家柄へ輿入《こしい》れできた。しかし、永姫は、嫁ぎ先である一橋館へ居を移した後だった。

嫁ぎ先へ入った姫は、婚姻の儀式が終わっていなくても、輿入れを終えたものとして扱われる。

慣習に従って永姫は剃髪《ていはつ》し、静順院と名乗って斉位の菩提を弔うだけの毎日を過ごすことになった。

「しかし、姫さまは、まだ二十一歳である。これから何十年と尼として生きて行かれるは、あまりに哀れ。大御所さまも折に触れて、永姫さまのことをお気遣いになられておられる」

「…………」

本多志摩守が沈黙した。

「たしかに一橋館へ移られてはいたが、姫さまのお身は無事であった。これは、奥医師も確認しておる」

永姫はまだ処女《おとめ》であると水野美濃守忠篤は言った。

「どうであろうかの。大御所さまのお気を晴らしてくださらぬか」

水野美濃守忠篤が口調を変えて、柔らかく誘いかけた。

「折角ながら、すでに慶永には、細川さまとの間に……」

「二万石の加増がござったなあ」

話す本多志摩守を水野美濃守忠篤が遮った。

「……はい」

越前松平十四代斉承の正室は、家斉の十一女浅姫《あさひめ》であった。越前松平家は浅姫を娶る代わりに二万石の加増を受けていた。

「続けて永姫さまを正室にお迎えいただくとなれば、浅姫さま以上のご加恩がござろうなあ。三万石か、いや五万石。六代将軍家宣さまに召し上げられた松岡五万石が返ってくるやも知れませぬぞ」

水野美濃守忠篤がささやいた。

徳川にとって格別な家柄でありながら、越前松平はたびたび幕府の粛正を受けた。当初六十八万石であった知行も、度重なるお家騒動で半分以下の三十万石にまで減らされた。ここまで来ると、人減らしや倹約でどうにかなる状況ではない。浅姫の輿入れで二万石もらったとはいえ、越前松平家の台所は、まさに火の車であった。

「わたくしめの一存では……」

「そうであろう、そうであろう。慶永どのがご意見こそ、大切である」

口調を水野美濃守忠篤が戻した。

「さっそくに立ち返りまして、お話を検討させていただきまする」

「よいご返事を待っておりますぞ」

あわてる本多志摩守へ、水野美濃守忠篤が笑いかけた。

「では、これにて」

「お待ちあれ。おい」

腰をあげかけた本多志摩守を水野美濃守忠篤が止めた。

「まだなにか」

格上の譜代大名から制止の声がかかったのだ。立ちながら振り向くような無礼は許されないと、本多志摩守が座り直した。

「…………」

襖を開いて、水野美濃守忠篤の家臣が無言で入ってきた。家臣は、本多志摩守の左後ろへ千両箱を置いて下がっていった。

「これは……」

本多志摩守が息をのんだ。

「遅くなったことへの詫びじゃ」

淡々と言いながら、水野美濃守忠篤が千両箱を指さした。

「い、いただけませぬ」

血相を変えて本多志摩守が断った。もらえばこの話を拒めなくなる。

「そうなのか。山本主膳《やまもとしゅぜん》も、立花左近介《たちばなさこんのすけ》も喜んで持ち帰ったがな」

「……うっ」

本多志摩守が絶句した。出た名前はすべて越前藩の重職である。

「最近、御上でな」

さりげなく水野美濃守忠篤が話を始めた。

「家格を見直そうという動きが出ておる」

「……と仰せられまするると」

聞き逃すことのできない題材であると本多志摩守が、しっかり座りなおした。

「大御所さまの出られた一橋家を筆頭として、田安、清水のご三卿がある。さらに大御所さまは別格として、上様もお血筋さまに恵まれておられる。当分の間、将軍家におかれて大統が途絶える恐れはない。また、ご本家になにかあったとしても、前述したご三卿方がある」

「そ、それで……」

「将軍家から何代か血筋が離れた家には、一門から外れていただいてはいかがかと、一部の老中若年寄が口にいたし始めてな。いつまでも先祖が同じだけで特別な扱いをしていては、示しがつかぬのではないかと……」

水野美濃守忠篤が語尾を濁した。

「……っ」

本多志摩守が言葉を失った。

越前松平家は、将軍の兄であったという血筋を誇りとしている。禄高では、前田の百万石、島津の七十七万石に勝てず、権力では老中たち譜代の小大名と比べられないほど弱い。そんな越前松平の砦《とりで》を幕府は奪おうとしていた。

「まあ、これもまだ決まったわけではない」

「…………」

恨めしそうな目をしている本多志摩守を一瞥して、水野美濃守忠篤が手を叩いた。

「客人がお帰りだ」

「はっ」

襖が開いて、家臣が千両箱を持ちあげた。

「ごめんくださいませ」

力なく本多志摩守が、辞去の言葉を口にした。

二

火事とけんかは江戸の華《はな》と言われている。数丁にも及ぶ大火事は、そうそうないが、数軒の家を焼くていどのは、ままあった。

「改易があった」

青木の闕所から十日もしないうちに、扇太郎は三度《みたび》大目付山科美作守から呼び出しを受けた。

「またでございまするか」

さすがの扇太郎も驚愕を抑えきれなかった。

「うむ。今度は飯田町の旗本岩尾太郎左衛門《いわおたろうざえもん》である」

「卒爾《そつじ》ながら、罪をお聞かせ願えまするか」

「失火によって門を焼いた。家中取り締まりに不備ありとして、岩尾は八丈島へ流罪《るざい》となった」

「家中取り締まり不備でございまするか」

山科美作守の言葉を聞いた扇太郎は、唖然とした。

思し召すことこれありよりは、理由になっているが、どのようにでも取ることのできる罪状であった。それこそ、扇太郎が明日言い渡されたとしても不思議ではなかった。

「金は、また儂のもとへ持って来るのだぞ」

「承知いたしておりまする」

木っ端役人でしかない扇太郎に、幕府の決定へさからうだけの力などない。扇太郎は引き受けるしかできなかった。

大目付の下部屋を出た扇太郎は、廊下に座っていた御用部屋坊主から呼び止められた。

「闕所物奉行、榊さま。お目付鳥居耀蔵さまが御用だそうでございまする。こちらへ」

御用部屋坊主が先に立った。

江戸城中は万一に備えて、やたら角が多く、まっすぐ進めない構造であった。江戸城へ登ることなど、滅多にない扇太郎は、迷いそうになるのを防ぐため、坊主の後を必死で追った。

「こちらでお待ちでございまする」

下部屋からいくつかの角を曲がった座敷の並ぶ一角で、御用部屋坊主が足を止めた。

「お目付さま、闕所物奉行さまをお連れいたしました」

声をかけてから、御用部屋坊主が襖を開けた。

「ご苦労であった」

なかから鳥居耀蔵の返事がした。

「ご免を」

扇太郎は鳥居耀蔵から命じられる前に、座敷へと入った。無駄と時間の浪費ほど鳥居耀蔵が嫌うものはない。少しでも遅滞すると叱責がとんでくると扇太郎は身にしみて知っていた。

「襖を閉めろ」

鳥居耀蔵が不機嫌をあらわに座っていた。

「聞いたか」

扇太郎が襖を閉めるのを待ちかねたように鳥居耀蔵が言った。

「岩尾太郎左衛門がことにございまするか」

「そうじゃ」

鳥居耀蔵が扇太郎へ問うた。

「岩尾太郎左衛門が何役を務めていたか知っておるか」

「いいえ」

御家人に重要なのは、直属の上司くらいである。かかわりのない旗本など、生涯顔を見ることなく終わるのが普通であった。

「お広敷《ひろしき》用人よ」

「……お広敷用人」

扇太郎は息をのんだ。

お広敷とは、大奥と表《おもて》をつなぐ部分のことである。そのお広敷を支配するのがお広敷用人であり、将軍の私《わたくし》である大奥を管轄した。

将軍と会うことも多く、千石未満の旗本としてはあがりとなる名誉と実利を伴った役職であった。

「西の丸ではない、本丸のだ。わかるか。岩尾は、上様のお側にいたのだ。それが、小さな火事で、表門を焼いただけで改易。あまりである」

「………」

怒りを見せる鳥居耀蔵に、扇太郎はなにも返さなかった。

「すでに上様の裁可がおりている。異を唱えることは不忠。しかし、このまま見過ごすわけにも行かぬ」

鳥居耀蔵が光る目で扇太郎を見た。

「榊、闕所の詳細、余すことなく伝えよ。なにか気がかりがあれば、調べよ」

「……承知」

扇太郎は承諾するしかなかった。


苦い顔を天満屋孝吉は隠さなかった。

「またお旗本でございますか」

「しかたあるまい。闕所物奉行は、吾一人なのだ。好き嫌いなど言えようはずもない」

小さく扇太郎は首を振った。

「それはわかっておりまするがねえ。ときと人手を喰うわりに、儲けが薄くて。先日の青木さまなど、金ばかり。こちらはまったく懐が潤いませなんだ」

天満屋孝吉は不満を口にした。

「施餓鬼《せがき》をやっているわけじゃございませぬ。わたくしは、商人。儲けのでないことに手出しをする気はありませせぬ」

「むう」

それを言われると扇太郎に反論はできなかった。

「かといって、お断りすれば、次からの闕所を請けることはできなくなりまする」

「ああ」

儲かる闕所には手を出し、赤字になるのは断る。そんな勝手を幕府が許すはずもなかった。一度競売を拒否すれば、二度と参加できなくなるのが、慣例であった。

「そこででございまする」

不意に天満屋孝吉の雰囲気が下卑た。

「お目こぼしを一つお願いしたいので」

「目こぼし……何をしろというのだ」

扇太郎は嫌な予感を覚えた。

「この度の闕所で出てきたいくつかの品を、対象から外していただければ……」

「いくつかの品をなかったことにしろというのだな」

天満屋孝吉の言いたいことを扇太郎は理解した。

「もちろん、お奉行さま、手代の方々へのお礼は用意いたしますので」

「……わかった」

ほんの一瞬考えた扇太郎だったが、天満屋孝吉の求めに応じた。

「手代たちの余得を確保するのも、奉行の仕事だからな」

「さすがで」

にやりと天満屋孝吉が笑った。


狂い犬の一太郎は、金のかかった渋い着物を身につけて、ご府内を歩いていた。

「品川も繁華だが、やはり日本橋にはかなわぬな」

東海道の起点とされる日本橋には、白木屋呉服店をはじめとした大店《おおだな》がずらりと軒を並べていた。

「間口一間ごとに月一分の冥加金《みょうがきん》をとれば、城下全部でどれほどの嵩《かさ》になるか。一万両ではきくまいなあ。年に直して十二万両か。およそ二十万石の大名に匹敵する」

ひっきりなしに客の出入りしている日本橋の大店を見ながら、一太郎が計算した。

「高祖父天一坊は、父である八代将軍吉宗公へ十万石の領地を求めた」

一太郎が目を閉じた。

「そして殺された。将軍の子供を騙る偽者として、品川の宿で磔《はりつけ》になった」

かっと一太郎が目を見開いた。

「吾はそんな馬鹿をせぬ。領地や家臣、官位など邪魔なだけ。抱きたい女を侍らすこともできず、喰いたいものも口にできない。顔を見たこともない人形のような女を女房にと押しつけられ、子を作れと毎晩急かされる。人としての扱いじゃない。卵を産む鶏と同じじゃないか」

一太郎が嘲笑した。

「なにより武家でございと威張ったところで、すでにその権も金も商人に移っているではないか。御三家だろうが、金の前には頭を下げるのだ。金こそ力。欲しいものを買うにも、気に入った女を抱くにも、金が必要だ。表の十万石などくそ喰らえ。吾は江戸の裏を手に入れてやる。表の将軍家に消された闇の将軍としてな」

小声ながら一太郎が決意を口にした。

「ごめんくださいませ。品川の廻船《かいせん》問屋紀州屋でございまする」

一太郎が訪れたのは、水野美濃守忠篤の屋敷であった。

「おう。紀州屋か。殿がお待ちだ」

顔なじみの門番が、すぐに応じた。一太郎は表向き廻船問屋を営んでいた。

「ご無礼を」

実直な商人のように、一太郎は小腰を屈めて門を潜った。

「いつものように、お庭でな」

歩き始めた一太郎に、門番が声をかけた。

「はい」

首だけで振り向いた一太郎が首肯した。

「庭か。座敷にあげる気は相変わらずないようだな」

一太郎が唇をゆがめた。

大御所第一の寵臣である。水野家の庭は一万石とは思えないほど立派なものであった。

「殿さま」

庭の泉水脇にある四阿《あずまや》の手前で、一太郎は上体を折った。

「紀州屋か」

なかから水野美濃守忠篤が応えた。

「はい」

四阿へ入る許しは出ていない。一太郎は、庭で膝をついた。

「その百倍以上の金を、余はそなたに渡した」


「たしかに頂戴をいたしましてございまする」

「三百両。深川あたりでたむろしている浪人者ならば、二両もやれば人を斬ると聞く。そ
の百倍以上の金を、余はそなたに渡した」

「はい」

一太郎が首肯した。

「仕留めたとの報告がないと思えば、昨日も闕所物奉行は大目付に呼ばれて登城したとい
うではないか。のう、紀州屋。余はそなたを買いかぶっていたようじゃ」

冷たい声で水野美濃守忠篤が問うた。

「お詫びの申しようもございませぬ」

口答えはかえって怒りをますだけである。一太郎はすなおに詫びた。

「もうよい。そなたに任せたのが余のまちがいであった。闕所物奉行の始末、なかったこ
とにいたせ」

「今一度お願いできませぬか」

「ならぬ。少し事情が変わった」

水野美濃守忠篤が拒絶した。

「事情が……」

「そなたが知ることはない」

「差し出たことを申しあげました」

あわてて一太郎が詫びた。

「では、先日のお代金は、早急にお返し申しあげまする」

「うむ。西山に渡しておけ」

「はい。ご用人さまへ」

念のためと、一太郎が確認した。

「赤猫のことはいかがいたしましょう」

「……しばし待て。あらためて指示を出すまで、猫を外へ出すな」

重く水野美濃守忠篤が命じた。

「はい」

一太郎が首肯した。

「下がれ」

「では、これにて失礼させていただきまする」

地面に額を押しつけて一太郎が礼をした。

水野屋敷を出た一太郎は、その足で品川近くの廃寺へ毛利次郎を訪ねた。

「毛利の。恥をかかせてくれたな」

「まったくもって、面目次第もない」

毛利次郎が頭を下げた。

「次は必ず……」

「ない。次はない。依頼を取り消された」

「それは聞けぬぞ。一度請けた依頼はなにがあっても果たすのが、決まり」

一太郎の言葉に毛利次郎が反発した。

「言えた義理か。二度も失敗したのは、誰だ」

「…………」

毛利次郎が沈黙した。

「金を返してもらおう」

「……いたしかたない。しばし待たれよ」

廃寺の玄関に一太郎を残して、毛利次郎が奥へ消えた。

「前金の百両だ」

戻ってきて切り餅四つを毛利次郎が差し出した。

「毛利の。ふざけてはいないか」

厳しい声を一太郎が出した。

「狂い犬の一太郎の名前に、矢組は傷をつけたのだぜ。看板代をもらわなければ、肚の虫がおさまらねえぞ」

「……今は金がない」

「なければ強盗をしてでも作るのが、この渡世の決まりだろう。十日猶予をくれてやる。十日以内に看板代二百両、用意できなければ、状を回すぞ」

状とは、矢組の失態を記した回状のことだ。顔役の間に回されれば、二度と矢組に仕事を依頼する者はいなくなる。まさに死活にかかわった。

「承知した」

毛利次郎が苦い顔をした。

「そうそう」

一度背を向けた一太郎が、歩みを止めた。

「闕所物奉行というのは、余得が多いらしい。百や二百は貯めこんでいるやも知れねえ」

表情を消して毛利次郎がうなずいた。

廃寺の門を出た一太郎が、つぶやいた。

「御側御用取次さまだかなんだかしらねえが、あんまり人をなめちゃいけねえ。世が世ならば、てめえは吾に仕えていたんだ。世のなか、なんでも思い通りにいくわけねえんだよ。大御所さまも、そろそろ腎虚《じんきょ》でくたばるだろう。そのとき、御側御用取次さまは、どうなっているかねえ。おっとそうなれば、金蔓《かねづる》が一つなくなるか。そりゃあ、困る」

狂い犬の本性を明らかにして、一太郎が哄笑《こうしょう》した。

岩尾太郎左衛門の闕所は、水島、青木に比べて手間なものとなった。

「知行所持ちだったとはな」

扇太郎は嘆息した。

闕所物奉行は江戸ご府内の闕所を担当し、大坂や京、さらに代官が治める幕府領へはその権がおよばなかった。

ただ、唯一の例外が、知行所持ちの旗本の闕所であった。

「知行所はどこだ。上総《かずさ》の国か。ならば二日もあれば終わるな」

岩尾の所領は幸いなことに、江戸からさして離れていなかった。

「旅でございますか」

天満屋孝吉が嘆息した。

「泊まりは知行所の庄屋屋敷を提供させますゆえ、金はかかりませぬ。あと、旅の最中は公用扱いとして、馬を使うことが許されますので」

闕所物奉行の実務に詳しい手代の大潟が、天満屋孝吉に利点を語った。

「断れぬならば、せいぜい利用させていただきましょう」

「頼んだぞ」

扇太郎は、天満屋孝吉に告げた。

「お奉行さまはお行きにならぬので」

「やることがある」

訊く天満屋孝吉へ扇太郎は目で合図した。

「お目付……なるほど」

言いかけて天満屋孝吉は口をつぐんだ。

「大奥の出入りを管轄するだけに、お広敷用人には、商人からの付け届けがかなりあるらしい」

女だけの大奥である。欲求不満を解消するのは、買いものしかない。しかも外へ買いに出て行くことも禁じられているとなれば、商人の言い値で求めることになる。大奥出入りを許されれば、商人の儲けは莫大となった。当然、出入りを決める権を持つお広敷用人の機嫌を商人たちは必死になって取り結んだ。

「金に困っていない岩尾は、知行所からの年貢を江戸へ運ばせず、上方《かみがた》で売り払っていたという」

米の相場は江戸ではなく大坂で立つ。時期をまちがえなければ、江戸で売るよりもはるかに金になった。

「江戸を離れた上総だ、ちょっとしたことをしても、まず知れることはない。任せるぞ」

「少々やり過ぎても大丈夫ということでございますな」

扇太郎の言葉に、天満屋孝吉が小さく笑った。

「江戸まで聞こえてくるようなまねは、するなよ」

「承知しておりますとも」

嫌がっていたことなどおくびにも出さず、天満屋孝吉がうなずいた。

「それよりお奉行さま、お気をつけなさいませ。闇の者は、一度請けた仕事は必ず果たすのが掟」

天満屋孝吉が矢組への警戒を促した。

「注意する。見送ってやろう」

扇太郎は立ちあがった。

「恐れ多い」

そう言いながらも天満屋孝吉が小さく首を縦に振った。

「朱鷺さまのことでございましょう」

玄関を出て二人きりになったところで、天満屋孝吉が言った。

「ああ。朱鷺をしばらくの間、屋敷から離したい」

「お預かりする場所はすぐにでもご用意できまするが、難しゅうございましょう」

天満屋孝吉が息を吐いた。

「説得もしてくれぬか」

「ご冗談を。朱鷺さまはお奉行さまの女。わたくしごときがなにを申したところで、聞いてはくれませせぬよ」

「よく言う。朱鷺は、天満屋の紐付きであろうが」

あきれた顔で扇太郎は述べた。

朱鷺は天満屋孝吉が扇太郎を掌中のものとするために、用意した賄賂であった。

「最近、紐がほどけてしまったようで」

天満屋孝吉が苦笑した。

「とりあえず、場所の手配はすませておきまする。夕方に迎えをよこしまするので。それまでにご用意を」

「やってみよう」

扇太郎は天満屋孝吉に行けと手を振った。

三

二度襲われた扇太郎は、三度目があると確信していた。一度目に出会った矢組の党首毛利次郎の姿が、先夜はなかった。

「さすがに次は毛利が出てくるだろう」

一度会っただけだが、毛利次郎が相当の遣い手であると扇太郎は読んでいた。

「おそらく師匠とよい勝負であろうな」

扇太郎の剣の師匠稲垣良栄《いながきよしえ》は無名に近いが、剣術遣いのなかで知る人ぞ知る遣い手であった。

「配下たちも腕は立った」

まともに道場で勝負したとすれば、勝てなかっただろうと扇太郎は見ていた。

「ただ、刺客業などに身を落としたことで、格下ばかりと戦うこととなった。それが、あいつらの切っ先を鈍くした」

剣術というのは、己より上手なものと戦うことで技を磨き、肚《はら》をすえていくのだ。金で請け負った殺しを、多人数でおこなったのでは、伸びるどころか落ちるしかない。

「いつも苦労することなく相手を斬ってきた。そのおごりが、矢組にあった」

冷静に扇太郎は分析していた。

「そのおごりも二度の失敗で消えた」

矢組の背筋へ冷たい水を浴びせたのは、扇太郎であった。

「次が最後だろうな」

御家人といえども深川の住人である。刺客商売に失敗が許されないことくらいは知っていた。

「毛利とかいう党首が来る」

二度の失敗は矢組の名前を地に落とした。実績だけがものを言う闇の商売で、矢組は立ち直ることのできない傷を、扇太郎によって負わされた。

「なりふり構わぬだろうな」

小さく扇太郎は震えた。

何度経験しても、命のやりとりだけは慣れなかった。目のなかに白刃が映るだけで、舌の付け根が糸でくくられたように縮む気がする。口が渇き、声を出すことも困難となり、心の臓の音で、かろうじて生きていることを知る。

「命をかけるほどの禄をもらっているわけじゃない」

扇太郎の本音であった。

「幕府の助けは借りられない」

刺客に狙われています。助けてくださいと申し出ても、鼻先で笑われるのがおちであった。たかが八十俵の御家人の命を狙う奴などいるはずがないと思われるからだ。もし、信じてもらえたとすれば、次は、なぜ狙われるのだと理由を調べられた。徒目付などの取り調べは、刺客ではなく扇太郎に対しておこなわれることになる。闕所物奉行として、競売の上前をはねている扇太郎である。叩けばいくらでも埃は出た。

「ここで迎え撃つのが最良だな」

屋敷のなかを扇太郎は見回した。

もともと襲うほうに利はあった。いつ仕掛けるかは、刺客の考え次第である。つまり、最初から時の利を奪われている状況であった。ならば、せめて地の利だけでも手にしておかなければ、勝負にならないと扇太郎は考えた。

「最大の弱点は、朱鷺だ」

朱鷺を守りながら戦うのは、大きな負担であった。

「なにより人質にされたら……」

扇太郎の危惧はそこにあった。

朱鷺は、扇太郎の妻ではない。あくまでも榊家の使用人でしかなかった。それも遊女あがりで天満屋孝吉の紐付きである。人質にされたところで見捨てても問題にはならなかった。いや、天満屋孝吉の影響を考えれば、かえって僥倖《ぎょうこう》とも考えられた。

だが、そう切り捨てることはできなかった。

「情を交わしすぎたか」

朱鷺と扇太郎は、月に数日の障りをのぞいて、毎晩身体を重ねていた。

始まりは、襲われたことに対する自衛とはいえ、人を殺した衝撃で心の平衡を失いかけた扇太郎が、朱鷺の女を求めたことであった。

一度垣根を取り払ってしまうと、若い男女である。互いの居場所を相手に願って、毎晩共寝していた。

「今更、過去に戻ることはできぬ」

妻にするだけの覚悟ができていないだけで、すでに朱鷺は、扇太郎唯一の女であった。

肚をくくった扇太郎は、朱鷺を居室へ呼んだ。

「屋敷を離れろと……」

話を聞いて、朱鷺が口を開いた。

「そうだ。決着が付くまでの間だ」

「お断りいたしまする」

朱鷺が拒んだ。

「聞いていたのか、そなたがいると足手まといなのだ」

扇太郎は、はっきりと告げた。

「足手まといでも結構でございまする。盾くらいにはなれまする」

あまり長くしゃべることのない朱鷺が、意志を述べた。

「盾だと……」

言われた扇太郎は、息をのんだ。

「死ぬことは、わたくしにとってあこがれでございました」

朱鷺が目を伏せた。

何不自由ない旗本の娘として育ってきた朱鷺は、父の出世欲に巻きこまれ、生じた借金の形として、岡場所へ売られた。

貞女は二夫に見《まみ》えず。武士の家に生まれた者として、子供のころから厳しく貞操観念について教えこまれた女が、一日数人の男と身体を重ねる。それこそ、何百人という男に抱かれたのだ。死にたいと思って当然であった。ただ、遊女の自殺は、親元へさらなる迷惑をかけることになった。返し切れていない借金の代償を求められる。ときには、死んだ遊女の妹が残債として売られることもあった。

「………」

扇太郎は朱鷺のなかに残る想いを知って、ぞっとした。

「わたくしの死が、意味あるものとなれば、生まれてきた甲斐《かい》があると喜べまする」

朱鷺がうすくほほえんだ。

「死ぬことが、生まれてきた甲斐と申したか」

不意に扇太郎は、怒りのような気持ちを感じた。

「ふざけるな」

扇太郎は朱鷺の手をつかんで引いた。

「……殿さま」

少しだけ朱鷺が驚いた顔をした。

「黙れ」

初めて、血に狂った心をぶつけるため抱いたときのように、扇太郎は乱暴な勢いのまま、

た。

朱鷺は、じっとしていた。扇太郎のなすがままにされながらも、なんの反応もしなかった。

「…………」

朱鷺を組み敷いた。

すぐに扇太郎は果てた。

「……朱鷺」

先ほどまでの狂乱を消して、扇太郎は落ち着いた声で、朱鷺を呼んだ。

「…………」

久しぶりに感情のない瞳で、朱鷺が扇太郎を見上げた。

「これで、そなたは死ねなくなった」

扇太郎は宣した。

「抱かれることなど何百も……」

言い返そうとした朱鷺を扇太郎は遮った。

「そなたの腹のなかに、吾が子が宿ったかも知れぬ」

「……なにを言われまする。遊女は孕《はら》みませぬ」

月の障りもかかわりなく、毎夜多くの男を受け入れた女は、子を宿しにくくなる。一々子を作っていては、遊女などやっていけない。遊女が妊娠しないわけではない。だが、身体は男を受け入れても心が拒むからか、不思議と子はできなくなっていった。

「必ずではない。であろう」

「それは……」

朱鷺がいた音羽桜木町の岡場所でも、子を産んだ遊女はいる。もっとも、孕んだとわかった時点で、ほとんど無理矢理堕胎されたが、なかにはうまくごまかして、産み月までいく遊女もいた。

「今、吾はそなたのなかに精を放った。いや、ここ毎日そうだ」

言いながら扇太郎は、朱鷺の下腹をなでた。

「ここに榊家の跡取りが……いや、吾の子が」

「…………」

不意に朱鷺の目から涙があふれた。

「新たな命を、そなたは一緒に殺す気か」

「……あなたは……卑怯」

朱鷺がしゃくりあげながら言った。

「死んでもらっては困る。おまえは、吾の女ぞ」

先ほどの乱暴への謝罪をこめて、扇太郎は頭を下げた。

「もうすぐ天満屋の手の者が来る。吾が迎えに行くまで、身を隠しておいてくれ」

「はい」

ようやく朱鷺が、首肯した。


日が傾き始めたころ、天満屋孝吉の配下が朱鷺を迎えに来た。

「遅くなりやした」

太郎吉《たろうきち》と名乗った若い配下が詫びた。

「頼んだぞ」

「お任せを」

朱鷺の手にした着替えの風呂敷包みを受け取りながら、太郎吉が首を縦に振った。

「気をつけてな」

「お迎えをお待ちしておりまする」

扇太郎の気遣いに、初めて朱鷺が武家の娘らしい態度で応えた。

潜り門まで見送って、扇太郎は屋敷の戸締まりを始めた。

八十俵の御家人屋敷である。敷地もそれほど広くはないし、屋敷も小さい。それでも、出入りできる場所はいくつもあった。

玄関でもある板戸は、外から開かないように、内から木を打ち付けた。庭に通じている雨戸も桟《さん》を落とし、蹴破らないかぎりはずれないように固定した。

台所口には、水瓶《みずがめ》を移動して置き、うかつに飛びこめばひっかけるよう細工をした。

「こんなものか」

扇太郎は太刀の手入れに移った。慎重に柄糸の傷を探す。戦っている最中に柄糸が切れれば、手元が緩んで太刀を維持することができなくなる。目釘《めくぎ》も同じであった。外れれば、柄から太刀が抜け落ちてしまう。そこまでいかなくとも、緩むだけで太刀筋が狂った。一晩中扇太郎は、警戒した。

しかし、その夜は無事に過ぎた。

朝、手代たちが出勤してくるまでに、門を開け玄関の封鎖を解かなければならない。玄関をふさいでいた木を外し、外に出た扇太郎は、潜り門に書状が挟まれているのを見つけた。

「果たし状……」

書状は左封じになっていた。裏にはしっかりと毛利次郎の名前があった。

「呼び出してきたか」

地の利にまで手を出してきた毛利次郎に、扇太郎は笑った。

「従う理由はないな」

指摘した場所へ行く行かないは、扇太郎の気持ち次第であった。表沙汰にできない試合など、相手にする必要はなかった。

「……くっ」

書状を読んだ扇太郎は、頬をゆがめた。

「……ご妻女をお預かり申しており候。今夜、貴殿のお見えなくば、ご妻女の身体の無事はなきものとお考え……」

朱鷺が人質に取られていた。

「暮れ七つ（午後四時ごろ）、高輪泉岳寺手前、廃寺にて」

戦いの場所と刻限が書かれていた。

「なお、介添えは無用」

最後に一人で来いと念が押してあった。

「甘かった。ついて行くべきだった」

天満屋孝吉に任せきりにしたことを、扇太郎は悔やんだ。

どこに朱鷺を匿《かくま》うのかさえ、扇太郎は聞いていなかった。毛利次郎との戦いに気を奪われていたにせよ、油断であった。

「慌てても事態は好転しない」

扇太郎は己に言い聞かせた。

怒りにまかせて、廃寺へ駆け込む愚は避けねばならなかった。書状が届いたということは、すでに迎撃の準備は整ったとの証明でもあった。

「罠《わな》にはまるしかないなら、十分に準備を整えねばならぬ」

大きく息を吸った扇太郎は、屋敷のなかへ戻った。

「おはようございまする」

半刻（約一時間）ほどで手代たちがやって来た。

「少し出てくる。昼ごろには戻る」

闕所物奉行の任など、有って無いにひとしい。

扇太郎は、手代に後事を託すと、まず深川を締めている親方、水屋藤兵衛《とうべえ》を訪れた。藤兵衛は、深川で船宿を表向きの商売としていた。

「これは榊さま」

「挨拶も抜きで悪いが、昨夜から今朝にかけて、このあたりで人死には出ていないか」

「人死にでござんすか。おい」

藤兵衛が、近くの配下に問うた。

「ござんせん」

配下が首を振った。

「そうか。すまなかったな」

「お役に立ちませんで」

事情を訊こうともせず、藤兵衛が頭を下げた。

「あらためて詫びをする」

扇太郎は一礼して、水屋を出た。

急ぎ足で扇太郎は、天満屋へ向かった。

「これは榊さま」

古着屋天満屋の番頭が、扇太郎の応対に出た。

「天満屋が出ていることは知っている。誰か残っておらぬか」

扇太郎は問うた。

天満屋孝吉が、昨日から上総へと出向いたことを扇太郎は知っていた。

「ちょっとお待ちくださいませ」

番頭も天満屋孝吉の裏の顔を承知している。すぐに丁稚《でっち》を店から走らせた。

「仁吉さんを呼びに行かせましたので、奥でお待ちを」

店先に武家が立っていては、客の入りが悪い。番頭が扇太郎に奥へ行けと言った。

少し待っただけで、仁吉が顔を出した。

「お奉行さま、なにかございやしたか」

仁吉は天満屋孝吉の右腕とされている男である。不意に訪れた扇太郎に、なにかを感じたのか、厳しい表情であった。

「太郎吉は帰っているか」

「……太郎吉でやすか。そういえば、今朝はまだ見てやせんね」

少し考えて仁吉が答えた。

「朱鷺が匿われるはずだった場所はどこだ」

「匿われるはずだった……どういうことです、お奉行さま」

仁吉が扇太郎の言葉尻を摑んだ。

「掠《さら》われた。朱鷺が」

「なんでやすって」

驚愕の声を仁吉があげた。

「ちょ、ちょっとお待ちを」

仁吉が駆け出していった。

小半刻（約三十分）ほど、扇太郎は一人にされた。

「お待たせしやした。たしかに朱鷺さまは、おられやせん。太郎吉の長屋へも人を行かせやしたが、帰ってきた様子はないそうで」

戻ってきた仁吉が報告した。

「申しわけございやせん」

仁吉が深く手を突いた。

「こちらから人を出しやす」

「要らぬ」

扇太郎は拒絶した。

「これは、吾がせねばならぬことだ。これ以上人を死なせるわけにはいかぬ」

「……太郎吉は……やはり」

苦い顔を仁吉がした。

「お言葉でござんすが」

仁吉がきっと扇太郎を見た。

「身内の一人をやられたまま黙っているわけには参りやせん。そのようなまねをすれば、親方が、この渡世で弾《はじ》かれやす」

「そっちのことは、そっちでやってくれ。ただ、朱鷺のことは、吾がする。手出しは無用」

「ご返事はいたしかねやす。親方の指示を仰ぎますんで。ご無礼ながら、これで失礼をさせていただきやす」

一度頭を下げて、仁吉が出て行った。

「女一人守れずして、なんの武士か」

扇太郎も天満屋を後にした。

四

急ぎ足で扇太郎は、稲垣道場へ足を向けた。

「血相を変えてどうした」

道場へ入ってきた扇太郎を見た稲垣良栄が訊いた。

「お教えを願いとうございまする」

いきなり用件を扇太郎は告げた。

「重心が前にある刀の遣いかたか」

稲垣良栄が確認した。

「はい」

扇太郎は腰にしていた正宗を差し出した。

「拝見」

師とはいえ、武士の命たる佩刀《はいとう》を預かるには、厳然たる礼儀があった。柄を握ってはいけなかった。柄を持っては、そのまま抜き打ちに相手を斬ることができる。

稲垣良栄は差し出された柄ではなく、手を伸ばして鞘を握った。

「抜かせていただく」

立ち上がった稲垣良栄は、扇太郎に背を向けて太刀を鞘走らせた。

「なるほど。切っ先が重いな」

青眼に構えた稲垣良栄がつぶやいた。

「おう」

稲垣良栄が太刀を数回振った。

「伸びが大きい分、手元が疲れる」

上段、下段、薙ぎと技を使った稲垣良栄が、動きを止めた。

「これは……」

　鞘へ太刀を戻そうとして、稲垣良栄の腕が固まった。

「ううむ」

　刀身を眺めて、稲垣良栄が唸った。

「扇太郎、どこで手にしたかは知らぬが、これがなにかわかっておるのだろうな」

「はい」

　問われて扇太郎が首肯した。

「知りながら使おうとする……よし」

　満足そうに稲垣良栄が太刀を納めた。

「どんなに値打ちをつけたところで、刀は人を斬る道具でしかない」

　稲垣良栄が太刀を扇太郎へ返した。

「しかし、因果な奴よな。またも人を殺すか」

「初めて望んで斬りたいと思っております」

　扇太郎は告げた。

「ふむ。それもよかろう。剣士として生きていたならば、そういうこともある。儂にもあった」

ゆっくりと稲垣良栄が目を閉じた。

「ただ心しておけ。人を斬ることは、己が斬られてもよい覚悟のうえにあるのだと」

「承知いたしておりまする」

強く扇太郎は首肯した。

「ならば、よし。立て。太刀を抜け」

「はっ」

促されて扇太郎は、正宗を抜いた。

「この刀は、切っ先より五寸（約一五センチメートル）に、心《しん》がある」

稲垣良栄が説明を始めた。

「普通ならば三寸（約九センチメートル）。それより二寸（約六センチメートル）長い。よいか、これは、いつもよりそれだけ前へ出なければならぬということだ」

たった数回振っただけで稲垣良栄は、正宗の癖を読んでいた。

「はい」

首肯しながら、扇太郎は喉が渇くのを感じた。

真剣のやりとりで二寸、白刃へ身を近づけろと稲垣良栄が言ったのだ。口にするのは簡単だが、そうそうできるものではなかった。

「これだけの刀だ。切っ先二寸でも、そこらのなまくらよりも切れるだろう。だが、それでは一撃必殺とはならぬ」

稲垣良栄が続けた。

柳生新陰流の流れを汲む庄田新陰流は、一撃必殺をあまり重視していなかった。切っ先を落ち着かせず、細かい手数を繰り出して、相手に傷を負わせ、隙を作る。柳生新陰流の極意とされている太刀の多くは、小さな動きのものが多かった。

「一刀両断せねばならぬのだろう」

「仰せのとおりでございまする」

見抜かれていることに扇太郎は、かえって安心した。

矢組の残り四人を相手にするのだ。一人を一撃で倒していかねば、扇太郎の体力、気力がもたなかった。

「でなくば、この刀を持ち出すまい。いつもの奴で十分だからな」

真剣な表情で稲垣良栄が続けた。

「よいか。この太刀を使うならば、青眼は低く、相手の喉ではなく胸へ擬すつもりで構えよ」

「それでは、跳ね上がりが遅くなりませぬか」

青眼の構えは、攻守両方に適していたが、攻撃に出るには、振りあげるか、脇に引きつけるかの一挙動を必要とした。

「天を指すな」

稲垣良栄が述べた。

「真っ向唐竹割など、絵空事だと思え。敵を二つに割るも、ただ首筋の血脈を断つも、ともに同じく勝ちなのだ。まして、切っ先の重い太刀を使用するならば、どうしても動きが大きくなる。それでは、疾《はや》さに欠ける。小さくあげて、鋭く急所を撃つ。それ以外にない」

極意は一つだけだと稲垣良栄が断じた。

「わかったか。それを思って振れ。ただし、百を数えてはならぬ。腕が疲れては意味がない。気を入れて十回」

「はっ」

命じられたとおり、扇太郎は低めにした青眼をわずかにあげては、大きく踏みこみながら、撃った。

「そこまで。付け焼き刃過ぎるが、せぬよりましだ」

十回を数えて、稲垣良栄が止めた。

「あとは、屋敷へ帰って寝てしまえ」

「眠くはありませぬ」

扇太郎は首を振った。

「阿呆、顔を鏡に映してみよ。疲れ果てておるぞ。昨夜寝ておらぬのだろう」

稲垣良栄が叱った。

「ですが、眠気を感じておりませぬ。疲れてもおりませぬし」

「それは興奮しておるからじゃ。気が昂《たか》ぶっている間はいい。疲れもなく、思ったより身体も軽い。だが、頭から血がおりたとき、その分のひずみが一気に来ることになる。戦いの最中にそうなれば、どうなる。死ぬぞ」

「……しかし」

「なにがどうなっているのか、知らぬ。訊く気もない。おぬしの問題であって、儂のことではないからな。だが、弟子を無駄死にさせるなど師としてできぬ。扇太郎、帰って寝ろ。眠れなくともよい、目を閉じて心を冷やせ。剣の戦いは熱くなったほうが負けだ。何度も教えたはずぞ」

ゆっくりと稲垣良栄が諭した。

「熱くなっている……」

落ち着いたはずと扇太郎は、首をかしげた。

「己のことは見えぬ。それができて初めて、名人の域に達するのだ。扇太郎が、できていなくて当然じゃ。儂でもまだ無理なのだ」

稲垣良栄が苦笑した。

「わからずともよい。師として命じる。屋敷へ戻り、水をかぶって寝てしまえ」

「……はい」

得心はいかなかったが、扇太郎は稲垣良栄の言葉にうなずいた。

言われたとおり、屋敷へ帰った扇太郎は、素裸になると井戸端で水を浴びた。二杯、三杯とかぶっているうちに、息が落ち着いてくるのを扇太郎は感じた。五杯目で、扇太郎は頭のだるさに気づいた。

「なるほど。さすがだ」

稲垣良栄の指示が正しかったと扇太郎は理解した。

「一刻（約二時間）は眠れるな」

座敷へあがった扇太郎は、身体を拭くのもそこそこに横たわった。

一刻に満たない眠りだったが、扇太郎は満足した。

「頭がまだ少し重いが、さしたるものではない」

徹夜の疲れを完全にぬぐうことはできなかったが、気力は十分であった。

「行くか」

扇太郎は身形を整えた。

まだ日は高いとはいえ、深川から品川まではかなり離れている。扇太郎は、心持ち早めに歩を進めた。

江戸の外れ高輪には大名の下《しも》屋敷と寺が林立していた。

「泉岳寺があれだ。その手前の廃寺は……」

赤穂《あこう》四十七士の墓がある泉岳寺は、江戸の誰もが知っていた。扇太郎は、迷うことなく、毛利次郎の指定した廃寺を見つけることができた。

「……………」

すでに日は傾き始めていた。

詰めている藩士の数も少ない下屋敷と参拝客の帰った寺ばかりの高輪に、行き交う人影はほとんどなかった。

扇太郎は慎重に廃寺の周囲を探った。

「外に気配はないか。となると……なかで待ち伏せか」

ゆっくりと扇太郎は廃寺の門へと近づいた。

「大門は閉じられているが……」

鞘ごと抜いた太刀を使って、扇太郎は潜り戸を押した。きしみ音を立てて、潜り戸が少し開いた。

「ここから入ってこいということか」

扇太郎は気配を探ったが、なにも感じられなかった。

「行かざるを得ぬ」

鞘ごと抜いた太刀を腰へ戻し、あらためて抜刀した扇太郎は、正宗を頭上に横たえるような形で構えた。右手で柄を、左手で峰を支える。潜り戸を抜けるときの心得であった。こうしておけば、上から落とされた一撃には対処できた。

その体勢で小腰を屈め、潜り戸を抜けた。

「おうりゃあ」

いきなり太刀が落ちてきた。

太刀と太刀がぶつかり、甲《かん》高い音を発した。

「えいっ」

扇太郎は小さな気合いを発すると、太刀を上へと押した。

「うお」

矢組の一人があわてて退こうとした。

「遅い」

扇太郎は、頭上の太刀を片手で水平に薙いだ。右肩を入れることで、片手薙ぎは三寸伸びる。扇太郎の一刀は、矢組の腹に届いた。

「あくっ」

肝臓を割られて、矢組が死んだ。

「さすがは正宗」

傷一つついていない太刀に、扇太郎は拭いをかけた。

血は脂であった。放置しておくと固まって、切れ味を鈍くした。懐紙で刀身を拭ったあと、鹿の裏皮でこするようにして、血脂を取っていく。

「さすがでござるな」

門の正面、崩れかけた本堂に毛利次郎が立っていた。

「朱鷺はどこだ」

扇太郎は、毛利次郎をにらみつけた。

「この本堂の奥、大黒柱にくくりつけておりまする。拙者を見事倒されて、お連れになるといい」

毛利次郎が、ちらと背後へ目をやった。

「ならば、そうさせてもらう」

彼我《ひが》の間合いは八間（約一四・四メートル）ほどである。扇太郎は、一気に駆けた。

「なんの」

すぐに毛利次郎も対応した。

縁側から、毛利次郎が飛び降りた。

剣の戦いにおいて、高さは障害にしかならなかった。高いところにいる者の剣は、届かなくとも、低い位置からは、相手の足や膝に達するのだ。これは、剣を持つ腕が肩についているためであった。肩は人体でも高い位置にある。そのため、己よりも低い位置への攻撃は難しかった。

毛利次郎が太刀を抜いた。

「おう」

すでに太刀を手にしていた分、扇太郎の一刀が早かった。扇太郎は、右手に提げていた太刀を袈裟《けさ》に斬り上げた。

「くっ」

間に合わないと見たのか、毛利次郎が後ろに大きく跳んだ。

「逃がすか」

振り出した太刀の勢いに引っ張られるよう、足を踏み出して、扇太郎は追いすがった。

「……………」

青眼の構えから毛利次郎が、まっすぐ剣を振り下ろした。

互いの剣が交錯し、火花を散らした。

鍔《つば》迫《ぜ》り合いの体勢になった。

「ずいぶんと気が短いな」

間合いのない戦いと鍔迫り合いは言われている。息がかかるほどの距離で、命をやりとりする相手と顔をつきあわす。瞳の動きも呼吸もすべて相手に知られるだけに、鍔迫り合いは力だけでなく気の勝負でもあった。

毛利次郎が、からかうような口調でささやいた。

「女を人質に取る卑怯者よりましだと思うが」

扇太郎も言い返した。

「獲物を仕留めるためならば、なんでもする。それが猟師というものだろう」

「猟師……なるほど武士ではないと」

「武士などなんの役に立つ。自ら耕さず、紡《つむ》がず、作らず、売らず。ただ、人の上に座しているだけではないか」

嘲笑を毛利次郎が浮かべた。

「己の喰い扶持を自ら稼ぐ、我ら矢組がどれだけ、ましか」

「人殺しを誇るな」

太刀に力をこめながら、扇太郎は述べた。

「笑止。武士こそそうであろう。先祖が戦場で人を殺した報償で子々孫々まで生きているのだ。他人のことを人殺しと呼べた身分か」

毛利次郎が言い放った。

「その通りだ。武士こそ人殺し。なればこそ、吾は身を誇りと思わぬ」

「……ちっ」

返された毛利次郎が、渋い表情になった。

「糧を得るために、きさまらが人を殺すというならば、吾は守るために斬る」

腹にぐっと力を入れ、扇太郎は体重を毛利次郎へと乗せた。

「そのていどか」

毛利次郎が足を捌《さば》いて、扇太郎の力をそらそうと動いた。

「…………」

太刀の刃と刃がこすれるようにして滑り、間合いがほんの少し離れた。

鍔迫り合いは崩れたときが、勝負であった。

扇太郎と毛利次郎は同時に太刀を引いた。

「おうやあ」

「ていいい」

一瞬で太刀を翻し、撃ちこんだ。

「……つうう」

「ううむう」

毛利次郎の太刀が、扇太郎の左肩を傷つけ、扇太郎の一撃は毛利次郎の左腕をかすった。

「何年ぶりかに、傷を負ったわ」

十分間合いを外した毛利次郎が憎々しげに言った。

「…………」

扇太郎は肩の痛みをこらえるために、歯を食いしばっていた。

二人の位置が入れ替わっていた。扇太郎は本堂を背負い、毛利次郎が門近くへ移動していた。

「地に落ちた矢組はもう終わりだが、儂はまだまだ刺客として生きていかねばならぬ。今更鍬《くわ》も持てぬし、そろばんを覚える気にもならぬ」

毛利次郎が、太刀を右手だけに持ち替えた。

「つまり、これ以上怪我をするわけには行かぬ」

「……だからどうした。ここから黙って去るというなら見逃してくれるぞ」

痛みをこらえて扇太郎は、告げた。

明らかに傷は扇太郎が重かった。左腕はかろうじて柄を握っているが、ほとんど添えているだけの状態であった。

「見逃す」

おもしろいことを聞いたとばかりに、毛利次郎が声をあげて笑った。

「見ろ。三人残った配下も二人逃げた。最後の一人もおまえに殺された。矢組を潰してくれたのは、おまえだ。何十年とかかって築きあげた矢組の評判を崩された儂の無念を晴らさずにおけるわけなかろう」

毛利次郎の表情が厳しくなった。

「それに聞けば、闕所物奉行はかなり金を貯めこんでいるとか。きさまを殺してその金をいただく。江戸を売るには、旅費が要るでな」

「外道が」

扇太郎は吐き捨てた。

「なんとでも言え」

毛利次郎がするすると間合いを詰めてきた。

「死ね」

大きく振りかぶった刀を、毛利次郎が扇太郎めがけて落とした。

「ぬおおお」

扇太郎は右手の力だけで太刀を跳ねた。受けるというより、切りつける勢いで、渾身《こんしん》の力を乗せた。

日が陰りはじめ、薄暗くなった境内に火花が咲いた。

「……なんだと」

一瞬の間を置いて毛利次郎が、驚愕の声をあげた。

毛利次郎の太刀が、中程から折れていた。

「くっ……」

気づいた毛利次郎が、すばやく動いた。折れた太刀を扇太郎へ投げつけて、間合いを取った。

「太郎吉、火をつけろ」

　毛利次郎が叫んだ。

五

「……太郎吉だと」

　得物《えもの》を失った毛利次郎へ追撃を喰らわそうとしていた扇太郎は、意外な名前に戸惑って、動きを止めてしまった。

「ふははははは」

　笑いながら毛利次郎が、潜り戸近くで死んでいた配下の太刀を手にした。

「驚いたか。顔を見せてやれ、太郎吉」

「勘弁してくださいよ。浅草の親方に知れたら、殺されやす」

　本堂から太郎吉が顔を出した。

「おまえ」

「どうも、お奉行さま」

太郎吉が小さく頭を下げた。

「きさま、天満屋の配下であろうが」

「でなんでやすがね。ちょいと金の要り用がございましてね。そのとき、矢組の旦那が、女をだまして連れてくれれば、五十両くださるとおっしゃるので、つい」

頭をかきながら太郎吉が述べた。

「ただではすまぬぞ」

「このまま江戸を離れやすので」

太郎吉が首を振った。

「矢組の旦那、もうよろしゅうござんすか。火付けの分はおまけしておきやすので、尻に帆をかけさせていただきやすよ」

「ご苦労だった。行け」

「では、どちらさんもごめんを」

さっと太郎吉が、裏へと逃げていった。

「しまったな。立ち位置が入れ替わってしまったので、あいつを殺せなかったわ」

毛利次郎が苦笑いをした。

「まあいい。吾の目的はきさまを殺すことだ。きさまを殺し、金を奪う。あとは上方へでも行って、商売を再開するとしよう」

「………」

扇太郎は切っ先を毛利次郎に擬しながらも、本堂へ気を向けていた。まだ炎は見えていなかったが、焦げ臭いにおいと爆《は》ぜるような音を扇太郎は認識していた。

「どうした。気が虚《うつ》ろだぞ」

滑るように毛利次郎が間合いを詰めてきた。

「無理もないか。己の女が焼け死ぬかも知れぬのだからな。なかなかあれだけの女はおらぬからな。儂とて見とれたからな。もっとも、手を出そうとしたら、舌を歯に挟みおったで、あきらめたが。よかったな。相思の女とともに逝《ゆ》けるぞ」

下卑た笑いを毛利次郎が浮かべた。

「とき稼ぎか」

しゃべり続ける毛利次郎へ、扇太郎は殺気をぶつけた。

「……ふん。そろそろよかろう。もう、火は消せぬほどに回っただろうからな」

毛利次郎が太刀を構えた。

「かかって来ぬのか。のんびりしていると女が死ぬぞ」

切っ先を少し下げて、毛利次郎が誘った。

「…………」

扇太郎は、稲垣良栄に教えられたとおり、正宗を少し低い青眼にとった。焦りがないわけではなかった。しかし、扇太郎は冷静さを保っていた。頭にのぼった血は、稲垣良栄によって落とされていた。

「どうした。見ろ、火が天井に移ったぞ」

顎《あご》で毛利次郎が、扇太郎の背後を示した。

「…………」

わざと扇太郎は、目を本堂へと動かした。

「馬鹿が」

毛利次郎が跳びこんできた。

あわせて扇太郎も前へ踏み出した。己で二寸近づけないなら、相手に詰めてもらうしかなかった。

扇太郎は、毛利次郎が動くのを待っていた。

「おうりゃあ」

高々と振りあげた太刀を、毛利次郎が落とした。

「……ぬん」

ほんの少しだけ切っ先をあげて、扇太郎は正宗を斬るというより突く感じで出した。

剣術で呼称するところの後の先であった。

相手の出を見て、それよりも疾く一撃を放つ。

「なにっ」

一瞬毛利次郎がとまどった。

「おろかな」

太刀の動きが小さいだけ、扇太郎の一撃に軍配はあがった。

「かはっ……」

首の血脈を突かれた毛利次郎が、信じられないという顔で崩れた。

「勝負の後を考えた。おまえの負けはそこで決まった。生き延びようとする意志は勝ちを呼ぶが、先を望んだことで、おまえの心に逃げが宿った。ためらいが」

噴き出した血潮を避けながら、扇太郎は毛利次郎の息が止まるのを確認した。

「……朱鷺」

毛利次郎の瞳から光が消えた。扇太郎は、走った。

「つっ」

本堂への階段にも火は回っていたが、扇太郎は気にせず駆け上がった。

「朱鷺」

本堂の中央、大黒柱に朱鷺が縛られていた。

「殿さま」

「動くなよ」

走り寄りながら、扇太郎は太刀を振るった。朱鷺を縛っていた荒縄だけを、扇太郎は切った。

「いけるか」

手を摑んで起こしながら、扇太郎は問うた。

「……………」

うなずくより早く、朱鷺が走った。

「おなかの子を……」

朱鷺が下腹を押さえながら、炎のなかをまっすぐに駆け抜けた。

そのまま潜り門を通り、二人は廃寺から出た。

「ふううう」

大きく扇太郎は息をついた。

「……………」

肩を上下させて、朱鷺も呼吸を整えた。

「すまなかったな。巻きこんだ」

扇太郎が詫びた。

「……いい」

朱鷺が首を振った。

火事の炎があたりを明るくし始めた。

「ここにいては、ややこしいことになる。疲れているだろうが、我慢してくれ」

「はい」

うなずいた朱鷺が、歩き始めた。

「お奉行さま」

声がかけられた。

「天満屋」

扇太郎は驚愕した。

上総へ行っているはずの天満屋孝吉が立っていた。

「朱鷺さまのために、駕籠を用意しました」

天満屋孝吉の後ろに町駕籠が控えていた。

「どうしてここに」

「番頭から連絡がございまして、急ぎ戻って参ったので。ここがわかったのは、お奉行さまのあとを若い者がつけていたからでございますよ」

「仁吉の手配か」

「はい」

「まったく気づかなかった」

言われて扇太郎は苦笑した。落ち着いたつもりでも、後をつけられていることに気づかないほど焦っていたと教えられたのだ。

「そうだ。太郎吉が……」

「申しわけございませぬことで」

扇太郎の言葉を遮って、天満屋孝吉が深く頭を下げた。

「お詫びはあらためて」

天満屋孝吉が言った。

「いいのか。配下に裏切られたとなれば、天満屋の看板へ傷が」

「つきようはございません」

酷薄な笑いを天満屋孝吉が浮かべた。

「よく燃えておりますな。あれならば、骨も残りますまい」

「…………」

扇太郎は気づいた。天満屋孝吉はかなり早くから、あの廃寺へ来ていた。本堂の火が思ったよりもましだったのは、天満屋孝吉の手助けであった。

「どうぞ」

朱鷺を駕籠へ乗せて、先に行かせた天満屋孝吉が扇太郎の隣へ並んだ。

「己の女を助ける。よろしいものでございましょう」

天満屋孝吉がささやいた。

「ああ」

答えながら、扇太郎は焼け落ちていく寺を後にした。

第五章　謀の裏

一

また火事があり、名門旗本が一つ取り潰された。

「火を出すことも論外なれど、居城の大手御門にあたる表門を焼くとは、武士として恥ずべき失態」

幕府からの罪状も同じであった。

「火事で門を焼けば、どれほどの寵臣でさえ、お取り潰しになる」

淡々と潰されていく名門、寵臣の家に幕府の強固な意志が感じられ、旗本御家人は戦々恐々となった。

余裕ある旗本は、競って長く放置されていた不寝番を復活、火の用心へと努めだした。

「なんと申しましょうか」

天満屋孝吉が首を左右に振った。

「お旗本衆だけでなく、寺社方も御上のなされようように、肝《きも》を冷やされたのでございましょう。浅草寺さまを初めとして、多くの寺社方より、火の用心をしてくれとのご要望がございました」

本来人手は口入れ屋を通じて雇い入れる。不始末の火はそれでなんとかなった。なれど、火付けをするような輩を相手にするには、荒事の経験がある者でなければならなかった。天満屋孝吉の配下こそ適任であった。

「儲かっているのだな」

「日頃お世話になっておりますので、あまりお足《あし》をいただくわけにもいきませぬ。ですが、それなりには」

えびす顔で天満屋孝吉が答えた。

「けっこうなことだ」

扇太郎も笑った。

「あれからは……」

天満屋孝吉が声を潜めた。

「なにもないな」

小さく扇太郎は首を振った。

「ちょいと人を出して調べてみましたが……矢組はなくなったようで」

「三人生き残りがいたはずだが」

「少なくとも御府内にはおらぬようでございまする。一人は品川の一太郎から回状が出ているようなので、江戸にはおれますまい」

現状を天満屋孝吉が告げた。

「ならばとりあえずは、安心だな」

「だとよろしいのでございますが……伊達に一太郎は狂い犬と呼ばれているとは思えませぬので、十分ご注意を」

「うむ。気遣いかたじけない」

軽く扇太郎は頭を下げた。

「では、これにて。次はまともな闕所でお目にかかりたいものでございまするな」

天満屋孝吉が本音を口にした。

「ああ。さすがに金にならぬ仕事は疲れる。出ていくだけだからな」

扇太郎も苦笑した。

矢組の襲撃などで壊された屋敷の修理、殺した者の始末に扇太郎は少なくない金を遣っていた。

「さて、鳥居に報告するか」

結局のところ改易に処された旗本たちの屋敷からは、なにも出なかった。また、つながりも見つけられなかった。

鳥居耀蔵は、扇太郎の報告を黙って聞いていた。

「なにもないか」

「はい」

確認に扇太郎は首肯した。

「たしかに改易となった旗本どもは、大御所さまの寵臣もおれば、上様に近い者もいた。偏りはないと言える」

頭を垂れている扇太郎を鳥居耀蔵が見下ろした。

「ただ、石高の割に裕福な者ばかりであった。今までの分をあわせてどのくらいの金額になった」

「およそ二万四千両ほどには」

鳥居耀蔵の問いに扇太郎は答えた。

「かなりの嵩よな」

「…………」

　無言で扇太郎は首肯した。

「それだけの金額が、大目付に入った。私腹を肥やしたというならば、いくらでも手出しできるが、勘定方も同席していたとなればそれも難しい」

　腕を組んで鳥居耀蔵が思案した。

「金だけが目当てなのでございましょうか」

　扇太郎は口にした。

「どういうことだ」

　鳥居耀蔵が、鋭い目つきで扇太郎をにらんだ。

「二万四千両といえば、かなりの金額でございまする。しかしながら、旗本をいくつも潰すより、名のある豪商を一つ闕所にしたほうが、手間もかからずそれ以上の金を取りあげられまする」

「ふむ。一理あるな」

　扇太郎の話に鳥居耀蔵が首肯した。

「それを考えれば、すべてが火事にかかわってのことというのも、不思議じゃ。たしかにお城下を危険にさらす火事は、許し難いことだが、いかぬというなら、町人どもにも同じ罪を与えなければならぬ」

「町人と武士では、責に差があって当然でございましょう」

鳥居耀蔵の意見に、扇太郎は異を唱えた。

武士が町人の上に君臨しているのは、それだけの責務を負っているからであった。国が侵略されたとき、町人たちの前に立って命を賭《か》けて戦う。だからこそ、どう考えても危険な刀を二本差すことを認められているのだ。

「そなたの口から責などという言葉が出るとは思わなかったぞ」

「…………」

言われた扇太郎は黙った。

「守る者でもできたか」

小さく鳥居耀蔵が笑った。

「血相を変えて品川まで駆けたそうだな」

「……よくご存じで」

動揺を抑えこんで、扇太郎は言った。

「江戸の市中で起こったことを、目付はすべて管轄しておる」

「さようでございました」

扇太郎は軽く頭を下げた。

目付には徒目付、小人目付、徒押《かちおさえ》など多くの者が配下としてつけられていた。かつて小人目付であった扇太郎は、思い出した。

「女は要る。男は心を平常に保つため、ときどき精を放たねばならぬ。また、武家であれば、子孫を残すため女を抱かねばならぬ。だが、女にうつつを抜かすようなことがあってはならぬ。女のために命を賭けるなど論外である。旗本の命は、生まれたときから上様のものである。幕府のために尽くすのが本分だと忘れるな」

鳥居耀蔵が強い口調で扇太郎をたしなめた。

「…………」

扇太郎は無言で平伏した。

「もうよい、帰れ」

犬を追い払うように、鳥居耀蔵が手を振った。

江戸城内に御用部屋は二カ所あった。

老中の使う上の御用部屋、若年寄の在する下の御用部屋である。ともに他者の入室を固く禁じ、どうしても他役の者と話をする必要があるときは、御用部屋を少し離れた黒書院《くろしょいん》隅の間を使用した。

若年寄林肥後守忠英と御側御用取次水野美濃守忠篤の二人が、黒書院で密談をおこなっていた。

「そろそろよいか」

「であろうな」

水野美濃守忠篤と林肥後守忠英が顔を見合わせてうなずきあった。

「初めに大御所さまの側近き者を犠牲にしたおかげで、疑われることなくことが進んだ。さすがは知恵者の水野どのよ」

林肥後守忠英が感心した。

「いやいや。若年寄の貴殿が目付高橋源太夫を取りこんでくれたからこそ、なった話よ」

小さく首を振りながら水野美濃守忠篤が林肥後守忠英をほめた。

「あやつは金が欲しいだけの小者よ。長崎奉行への転任をほのめかしただけで、犬のように尾を振りおる」

林肥後守忠英が笑った。

江戸城中において強大な権を振るう目付も、若年寄の支配を受けた。もちろん目付は若年寄も監察したが、さらに上を目指す者にとって上役の機嫌を損ねるのは得策ではない。

目付から長崎奉行、勘定奉行、町奉行と出世を望む者のなかには、若年寄、老中等ら権力を持つ者へすり寄る者も少なくはなかった。儒学を心柱とした幕府の確立を考えている鳥居耀蔵が水野越前守忠邦に近づいているのもそうだ。目付から実入りの多い長崎奉行への転任をもくろむ高橋源太夫が、林肥後守忠英の指示に従っているのも同じであった。

「しかし、目付の出番も終わった」

はっきりと林肥後守忠英が宣した。

「うむ。すでに屋敷の大門を焼いた者は、家内取り締まり不十分との咎で改易と皆が思いこんでおる。法には載っておらずとも、事実を重ねれば、慣例となる」

水野美濃守忠篤も満足げに言った。

「手間はかかったが、これで我らの敵は排除できる」

「我らではない。大御所さまのよ」

林肥後守忠英の言葉を水野美濃守忠篤が訂正した。

「さようであった」

笑いながら林肥後守忠英が首肯した。

「大御所さまのご気分が優れぬからこそ、障りになるものは取り除かねばならぬ」

「おうよ。将軍家のお血筋を諸大名へと入れる。外様も譜代もかかわりなく、大御所さまの若君、姫様方をお下げ渡しになれば、おしなべて皆徳川の一門。となれば、謀叛《むほん》が起こることはない」

「まさに天下泰平の妙策」

二人が強く主張した。

「徳川百年、いや千年の計」

「大御所さまの深慮遠謀に従おうとせぬ愚昧《ぐまい》な者など、幕閣に不要じゃ」

水野美濃守忠篤が述べた。

「美濃守どのよ、任せたぞ」

「承知いたした」

林肥後守忠英の委託を、水野美濃守忠篤が請けた。


翌日、狂い犬の一太郎が、水野美濃守忠篤のもとへ呼び出された。

「御用でございましょうや」

一太郎が庭先で膝を突いた。

「猫を、それも大きな赤い猫を用意いたせ」

四阿のなかから水野美濃守忠篤が命じた。

「大きなでございまするか」

「そうだ。今までのとは桁《けた》が違うほど大きなものをだ」

聞き返した一太郎へ、水野美濃守忠篤が言った。

「どこへ猫をお届けにあがればよろしゅうございましょうか」

「西の丸下、水野越前守忠邦が老中役宅」

「……なかなかに難しいお届け先でございまする。かなり費用がかかりまするが、よろしゅうございましょうか」

一瞬一太郎は息をのんだが、すぐにいつもの口調へ戻った。

「いくらほしい」

「一万両いただかせていただきとうございまする」

「ずいぶんと足下を見たな。よかろう。一万両くれてやる。それくらいの金ならば、問題はない。その代わり、条件がある」

水野美濃守忠篤が支払いを認めた。

「条件と仰せられまするると」

「大御所さまのおられる西の丸に近い。万が一にもお許へ火が飛ばぬようにいたせ」

「難しいことを」

「してのけろ。それぐらいできずして、江戸の闇を支配できるものか」

「……承知つかまつりました」

深々と一太郎が頭を下げた。

「失敗は許さぬ」

しつこいくらい水野美濃守忠篤が、念を押した。

「ご免を」

水野美濃守忠篤の屋敷を出た一太郎は、その足で本所緑町の棟割り長屋を訪れた。

長屋の戸障子の前へ立ったところで、なかから誰何《すいか》の声がした。

「誰でえ」

「紀州屋だよ。芳造《よしぞう》」

一太郎が名乗った。

「親方でござんしたか。これは、失礼を」

慌てる音がして、すぐに戸障子が開いた。

「汚いところでござんすが、どうぞ」

顔を出した芳造が、誘った。

「邪魔するよ」

遠慮無く一太郎が、長屋の上がり框に腰をかけた。

「今、白湯を」

「ああ。要らないよ。すぐに帰るからね」

商人らしい口調で一太郎が、断った。

「それより、大丈夫なのかい」

芳造を気遣うような言いかたであったが、一太郎の目は左右の壁へ向けられた。

「昼時分に長屋にいるようじゃ、明日飯の喰い上げという連中ばかりでござんす。半鐘を叩いたところで、誰一人出て来やせん」

「そうかい」

「仕事で」

低い声で芳造が問うた。

「ああ。大きなことだよ、赤猫の芳造」

一太郎が芳造の二つ名を口にした。

「今度はどこへ火をつければ……」

「西の丸下、老中水野越前守さまが役宅だ」

「それは……」

芳造が絶句した。

「できないとは言わせないよ。お恐れながらと訴えれば、おめえさんは、火あぶりの刑確定だ」

下卑た笑いを一太郎が浮かべた。

「お調べでわたしの名前を出しても無駄だからね。町奉行所にはたっぷり鼻薬をかがせてある。ついでに教えておくが、牢屋敷の同心、牢番にもわたしの手は回っている。わたしの名前を出した日に、おめえはこの世とおさらばすることになる」

「……わかってやすよ」

苦い表情で芳造がうなずいた。

「親方、一つお願いが」

「なんだい」

一太郎が話せと促した。

「これっきりにしていただけやせんか。いくらなんでもご老中さまのお屋敷に火をつけたとなれば、火付盗賊改も町奉行も、やっきになって下手人捜しに走り回るでしょう。ほとぼりが冷めるまで、しばらく江戸から離れたいと思いやす」

芳造が述べた。

「……そうだね。それがいい。じゃ、仕事賃に少し色をつけてあげよう。いつも百両のところを三百両でどうだい」

「相手はご老中でござんす。となれば十年は江戸を売らなきゃいけやせん。その間の金もお願いしやすよ」

鈍く光る瞳で、芳造が見上げた。

「強欲は命を縮めるよ」

目をそらさずに一太郎が応えた。

「まあいい。金がなくなって盗みなどされても困る。そんなとこから足が付いたんじゃ、情けないからね。わかった。五百両出そう。それでいいね」

「へい」

芳造が首肯した。

「いつものようにやる日は任せるよ。天気のつごうもあるだろうからねえ。ただ、一つだけ守ってもらいたいことがある」

「なんでござんしょう」

「門だけを焼いてもらいたい。周囲への類焼は御法度だ」

「難しい。火事ってのは大きくするのは簡単なんでござんすが、区切るのは容易じゃないんで」

「それくらいのこと、おめえさんに言われなくともわかっているさ。だが、おめえさんならできるはずだよ。もと本所深川火消し十一組の臥煙《がえん》人足、いや、御上の玉薬奉行配下同心だった、おめえさんならね」

「……嫌なことを思い出させないでいただけやせんか」

一太郎の言葉に、芳造の声音《こわね》が変わった。

「機嫌を悪くしたならあやまるよ」

悪びれていない顔で一太郎が返した。

「親方、ご老中さまの役宅を焼く前に、お曲輪《くるわ》うちを二カ所ほどさせていただきやすが、よろしゅうござんすね」

「目くらましかい」

「へい。いきなり西の丸下に行ったんじゃ、目立ちすぎやす」

「任せるよ。ただし、その二軒分の金は出せないが」

「けっこうで」

芳造が首を縦に振った。

「じゃ、頼んだよ。前金の三百両は明日にでも届けさせよう」

「へい」

出て行く一太郎へ、芳造が請けた。

二

三日後、清水御門に近い丹波園部《たんばそのべ》藩小出《こいで》家の上《かみ》屋敷から火が出た。幸い、不寝番の発見が早く、御殿の一部を焼いただけで消し止められた。しかし、夜半の火事を隠し通すことはできず、小出家は目付あてへ顚末書を出すことになった。

城内目付部屋で、鳥居耀蔵は小出家から出された顚末書を読んだ。目付部屋に出された顚末書は備え付けられた書庫に保管され、目付ならば誰でも見ることはできた。

「火の気は確実に消していたか」

少しでも罪を逃れようと、偽りを書いているかも知れないが、顚末書に嘘《うそ》を記せば、罪はいっそう重くなる。幕府全体が火事に敏感なとき、あえて馬鹿をするとは考えにくかった。

続いて、鳥居耀蔵は続いた幕臣の火事についての記録を取りだした。臨場した目付が記入を義務づけられている記録は、どれも火元の特定はしていたが、出火の原因については未詳と書かれていた。火付けと記せば、目付が探索に出なければならず、必ず成果をあげなければならなかった。

「火薬か……」

臨場した青木家のことを思い出した鳥居耀蔵は、書庫へ記録などを戻し、城中の奥へと足を向けた。

江戸城において礼儀礼法を監督し、諸大名、旗本たちの動きを監察する目付にも、入室できない場所が二カ所だけあった。

一つは老中の執務室である上の御用部屋、そしてもう一つは奥右筆部屋であった。

老中から政にかかわる書面を受け取り、その処理を任されている奥右筆部屋には、幕政にかかわる機密が転がっていた。また役人の任免罷免も奥右筆の筆が入って初めて功を奏する。目付鳥居耀蔵もこの奥右筆部屋を通って誕生したのだ。誰が何役になるかは、公表されるまで密事である。

老中でさえ足を踏み入れることができない奥右筆部屋は、目付の権が及ばない聖地であった。

「坊主」

鳥居耀蔵は、奥右筆部屋の前で用を取り次ぐために控えている御殿坊主へ、声をかけた。

「これはお目付さま。奥右筆さまへ御用でございましょうか」

御殿坊主が、鳥居耀蔵に気づいて、問いかけた。

「隠居家督相続絶家を担当しておる奥右筆に面談を」

鳥居耀蔵は用件を告げた。

目付は老中以外の役目を呼び捨てにできた。

「伺って参りまする」

奥右筆部屋のなかへ、御殿坊主が消えた。

御殿坊主は、城中の雑用をこなすのが仕事である。役人と役人の連絡、茶の用意などをおこなうこともあり、どこの部屋にでも出入りは許されていた。

「しばしお待ちくださいませとのことでございまする」

戻ってきた御殿坊主が伝えた。

「ご苦労であった」

礼を口にして鳥居耀蔵は、奥右筆部屋から少し離れた畳廊下の隅へと移動した。

「これは、お目付どの」

「前をご免」

麻の黒裃は目付の装束と決まっていた。

鳥居耀蔵に気づいた役人たちは、あわてて一礼すると、そそくさと去っていった。

「お待たせいたしましてござる」

小半刻（約三十分）ほどで、奥右筆がやってきた。

「……こういった条件に合致する者の改易記録を見せていただきたい」

「承知いたしましたが、なにぶん、御用がたてこんでおりまする。今すぐというわけには参りませぬが、よろしゅうございまするか」

「緊急を要する」

のんびりした奥右筆の返事に、鳥居耀蔵は鋭く言った。

「どのお方も同じことを仰せになりまする」

笑いながら奥右筆が首を振った。

「幕府を揺るがすほどの大事になるやも知れぬのだぞ」

「いかに言われましても、依頼は受けた順番でこなすのが、奥右筆の決まり。もし、どうしても先にと希望されますならば……」

「ならば……」

わざと最後を濁した奥右筆へ言いかけた先を告げろと鳥居耀蔵が促した。

「今待っておられるお方、全員の許しを得てくださいませ。さすれば、ただちにかからせていただきまする」

「何人だ」

「二十四件、現在はございまする。もっともなかには、御三家尾張さまからのものもございまする。尾張さまは、今お国元で」

「……わかった。できるだけ急いでくれるように」

小さく嘆息して鳥居耀蔵は背中を向けた。

奥右筆は、老中とのかかわりが深い。目付といえども、役目の決まりを遵守《じゅんしゅ》しているだけの奥右筆を罪に落とすことはできなかった。

「奥右筆部屋に目付が入れるよう、変えねばならぬ。城中で目付が遠慮するなどあってよいことではないわ。越前守さまへ、上申いたさねばならぬな」

鳥居耀蔵が、つぶやいた。


さらに十日後、千鳥《ちどり》ヶ淵《ふち》に面した旗本一千五百石木原《きはら》家の厩《うまや》が焼け落ちた。火が出た時点で、近隣の助けを求めた木原家は、門を開けて火事を出したと世間へ知らせてしまったが、被害を最少に抑えた。

とはいっても、お城近くで火の手をあげた木原家は、目付の臨場を避けることはできず、自ら謹慎を申し出て逼塞《ひっそく》した。

「ふむ」

木原家へ臨場したのは、鳥居耀蔵であった。他の目付が当番であったが、無理を言って代わって出た鳥居耀蔵は、燃え落ちた厩の前で火消し人足から話を聞いていた。

「馬というのは、火を嫌いまする」

「獣というのは一概にそうであろう」

火消し人足の説明に鳥居耀蔵は口をはさんだ。

「でございますが、とくに馬は気が小さく、少し詳しい者なら、まちがっても火種を厩付近に持ちこむなどいたしませぬ」

「たしかに、我が家でもそうだな」

鳥居耀蔵が納得した。

「その厩が燃えた。となれば、原因は一つしか考えられませせぬ」

「火付けか」

「はい。ここと、あそこの、少なくとも二カ所に火薬のにおいが残っておりまする」

指先で火消し人足が示した。

「火薬か……」

臨場先で町方同心から同じことを聞いたと鳥居耀蔵は思い出した。

「ご苦労であった」

火消し人足をねぎらって、鳥居耀蔵は城中へ帰った。

「切羽詰まってきた。お城近くにまで火付けが及んできている。このまま放置しておけば、いつかお城にも……」

大きく鳥居耀蔵が息をのんだ。

目付は非常の際、城中の指揮を執る。江戸城に火災が起こったときは、当然、将軍を始めとした城中の者たちを避難させたうえで、消火活動をしなければならなかった。このとき、将軍が避難を焦って転んだりすれば、あるいは火災で城が大きく傷ついたりすれば、当番の目付は責任を取って役目を降り、謹慎しなければならなかった。いや、場合によっては、腹を切らなければならなくなることもあった。

「ときをかけている余裕はない」

鳥居耀蔵が独りごちた。

「奥右筆はあてにならぬ。ほかに改易となった者の記録はどこかにないか。目付部屋にあるのは、改易へいたった理由のみ。改易のあとどうなったかまでは、記されていない」

目付の任は幕臣の監察であり、改易となって士籍を剝奪された者は担当しなかった。

「あるとすれば、闕所の記録か。闕所は、家が潰されたあとに始まる。もっとも最後まで改易となった家とつきあいがあるのは、闕所物奉行。榊にさせればよい」

鳥居耀蔵は、小人目付を走らせて、扇太郎を城中まで呼び出した。

「御用でございまするか」

扇太郎は、夜私邸へではない召喚に驚いていた。

「うむ。目付として、闕所物奉行へ正式な依頼である。過去三十年以内に、幕臣で改易となった者で火薬を扱ったと思しき者の一覧を、数日以内に提出せよ」

「三十年もでございまするか」

多さに扇太郎は息をのんだ。

「うむ。そのていどならさしたる数にはならぬはずだ」

「幕臣の改易ならば、奥右筆どのが記録をお持ちのはず」

扇太郎は、抵抗した。

奥右筆は、幕政の公式な記録すべてを保管していた。

「たわけ。すでに話はしてある。だが、危機など覚えてもいない奥右筆ぞ。動くまでに何日かかると思う」

鳥居耀蔵が一蹴した。

「旗本の火事にあきらかな付け火であったものがある。おそらく、幕臣を狙っておるのだ。それこそ、明日、余の屋敷から火が出てもおかしくはない。有用な人物をこのような愚かなことで失うわけには行かぬ。ことは早急を要する」

「承知いたしました」

一度言い出したことを鳥居耀蔵があきらめることはない。扇太郎は一応の抵抗を試みただけで、あっさりとあきらめた。

「では、ただちに」

鳥居耀蔵の前から逃げるように、扇太郎は去った。

江戸城の堀に沿って歩きながら、芳造の目は西の丸下水野越前守役宅を見ていた。

「さすがに六万石。藩士の姿があちらこちらにある。なにより権門に人集まるのたとえどおり、客が多い。夕刻まで客が途絶えないとなれば、仕掛けをするのが難しい」

芳造が独りごちた。

一太郎から命じられたのは、役宅の門を灰燼《かいじん》と帰しながら、江戸城への損害を与えない規模の火災である。使用する火薬を加減するだけではなく、天候も勘案しなければならなかった。

「最後に雨が降ったのは昨日。となれば、数日は待たねばならぬな。風は……」

ゆっくりと芳造が空を見上げた。

「強くないか。この天気が続くなら、三日後あたりなのだが……」

芳造が水野家の門前で警戒する足軽に目をやった。

「なかなかきびしい」

六尺棒を手にした足軽たちの警戒ぶりは、傍目《はため》から見てもよくわかった。

「……客に紛れて、なかで潜むしかなさそうだ。手配を頼むか」

小さく首を振って芳造は、西の丸下から離れた。

芳造は、長屋ではなく品川の遊女屋の一つに登楼した。

「文《あや》を頼む」

「芳造さんかい。ずいぶんお見限りだったねえ」

遣り手婆が、歯のない口で笑った。

「婆さん、相変わらず因業そうな面だぜ。ほい」

笑いながら芳造は二朱銀を遣り手婆に握らせた。

「ありがたいねえ」

遣り手婆が金を拝んだ。

御免色里である吉原の名楼にはいないが、岡場所や宿場の遊女屋に付きものの遣り手婆は、もと遊女であった。年季明け、あるいは年老いて商売ができなくなった遊女たちのなれの果てでもある遣り手婆は、客と妓の仲立ちを仕事にしていた。

吉原のように客と遊女を固定することのない岡場所では、同じ妓、同じ見世に揚がり続ける義務はない。だからといって客をよその見世に取られては困る。そこで遣り手婆が、遊女であったころの経験を生かし、客を見世へ通わせる手練手管を遣うのだ。

「文さんが、泣いていたよ。芳造さんが来ないから、気をやれないって」

「何を言ってやがる。遊女が気をやるのは客を早く行かせるための演技だろうが」

遣り手婆の言葉を、芳造が鼻で笑った。

「馬鹿をお言いじゃないよ。遊女だって人さね。好きな男に抱かれたときくらい、ただの女に戻りたいのさ」

「おきやがれ」

口ではそう言っているが、芳造の表情はにやけていた。

「おっと、こんなところでいい人を止めていたんじゃ文さんに恨まれちまう。さっさと二階へ行ったげておくれな」

「婆さん」

見世へ入りかけた芳造が声を潜めた。

「……なんだい」

遣り手婆もあたりをはばかった。

「一太郎の親方へ繋いでくれ」

すばやく芳造が一両小判を遣り手婆の袖へ落とした。

「………」

黙って遣り手婆がうなずいた。

品川の遊女屋は、吉原と違い、時間によって妓の揚げ代を計算した。線香一本が燃え尽きる間をいくらと決め、消費しただけの金を支払う。

最初から三本とか五本と数を区切って、終わると声をかけさせる方法が普通であった。

しかし、馴染《なじ》みともなると、客が帰ると言うまでの間、線香を燃やし続けてくれた。

久しぶりに遊女を抱いて、存分に精を放った芳造のもとへ、遣り手婆が顔を出した。

「一刻後、泉岳寺赤穂浪士の墓」

遣り手婆が用件だけを告げた。

「なんだえ」

しどけなく前をはだけた文が、首をかしげた。

「あちき以外の女と逢い引きかい。だったら、許さないよ」

文が芳造の胸にかじりついた。

「どこに赤穂浪士の墓で逢い引きする物好きがいるか。安心しろ。おいらは、おめえだけだ」

「本当かい」

じっと文が芳造を見つめた。

「おめえ国はどこだった」

「信濃の松本。そこから少し離れた村の出さね」

芳造の問いに文が答えた。

「いいところか」

「なにもないよ。生きていくのに必死なだけ」

文が遠い目をした。

「……一緒に行くか」

「えっ」

小さく問いかけた芳造に、文が怪訝な顔をした。

「落籍《ひか》せてやろうかと言ってるんだ」

「……落籍って、あちきの借金はまだ三十両ほど残っているんだよ。そんな金……」

「そのくらいならなんとかなる。行くか」

「本当なんだろうね」

震える声で文が確認した。

「ああ。その代わり江戸へは当分戻ってこねえぞ」

「こんなところ、二度と来たいと思わないよ」

売られて来た女にとって、品川も江戸も地獄でしかなかった。

「そう遠くはない。十日かからずで迎えに来る。用意をしておきな」

「待ってるよ」

文が震えながら、芳造の頭をふくよかな胸に抱えこんだ。

高輪の大木戸よりほんの少し北へ行ったところに泉岳寺はあった。赤穂藩主浅野内匠頭《あさのたくみのかみ》長矩《ながのり》と四十七人の忠臣の墓を預かる泉岳寺は、江戸の住人ならば誰もが知っていた。竹田《たけだ》出雲《いずも》の芝居で一躍有名になった赤穂浪士の墓がある泉岳寺は、年中参拝に来る者で賑わっていた。

参拝客の便宜を図るため、夜中であっても泉岳寺は門を開けていた。

「お呼びたていたしまして、申しわけございやせん」

ことをすませた芳造は、泉岳寺の境内で一太郎と会っていた。

「ご覧な」

浅野内匠頭の墓に手を合わしていた一太郎が振り返った。

「播州赤穂五万石となれば、藩士の数は三百人近い。それでいて、殿さまの仇を討ったのは四十七人。今から百四十年ほども前でこうだ。今、同じことがあったとして、果たして何人が仇討ちに加わるかねえ。いや、仇討ちしてもくれないか」

一太郎が笑った。

「武士の矜持もなにも、とっくになくなっている。皆、商人どもの金に縛られて、腰の刀さえ抜けやしない。こんな連中に江戸を任せてどうなるかねえ。ろくでもねえ野郎が、跳梁跋扈《ちょうりょうばっこ》するだけ。盗み、殺し、火付け、こんな連中から江戸の町を守るのは、力。そのための力をわたしは持っている。そうだろう」

「…………」

火付けの一人である芳造が沈黙した。

「さて、どうしたんだい」

「……お願いがござんして」

芳造が口を開いた。

「水野越前守さまのもとへ、客を装って入り込みたいので」

「警固がそれほど厳しいかい。それもそうか。老中が火を出したとなれば、世間へ顔向けできないからねえ。お役ご免ていどですむはずもない。家が潰れたら、明日の米がもらえなくなる。藩士たちも必死だろう」

小さく一太郎が笑った。

「よかろう。水野家に出入りしている商人を紹介してやる」

「あともう一つ。水野家の中間が着ているお仕着せをご用意願いたい」

「中間に化けて潜むか。わかった。手配しよう。その代わり、金をもらうぞ。そうだな、五十両」

「けっこうで」

一太郎の値段を芳造が認めた。

「いつがいい」

「風の具合から見て、明日雨が降りましょう。その湿気が残っている間がよろしゅうござんす。三日後の夕方に願いたく」

芳造が述べた。

「わかった」

引き受けた一太郎が、浅野内匠頭の墓へ顔を戻した。

「耐えきれず殿中で刀を抜く。愚かでしかない者でも主君は主君。大名に生まれたというだけで、これだけの者が死んでくれる。さぞ満足だろうよ。武士の時代が終わるまで、あと少し。それまでありがたく祀《まつ》られていな」

さげすむような目つきで一太郎が吐き捨てた。

「では」

一太郎の雰囲気に小さく震えた芳造が辞去を告げた。

「頼んだよ」

背を向けて去っていく芳造の背中を、一太郎が見つめた。

「警固が厳しい。ことをなしたあと捕まられちゃ面倒だし、なにより逃げ出されちゃ困るんだよ。わたしはね、道具が手を離れていくのを見逃すほど、甘くはないんだよ。手を離れた道具は、いつわたしに敵対するかわからないだろ。二人ほど出すとするか。ちょうど死んでもいいのが二人ほどいるからねえ。党首を裏切って、わたしのところへ逃げこんできた奴が。状況を見る目があるのはいいけれど、寝返りはよくないねえ。一度逃げた奴は、次もそうする。わたしにとって、そんな連中は邪魔なだけ」

一太郎が暗く笑った。

三

鳥居耀蔵の命を受けたのは扇太郎であったが、代々番方筋で書付の相手はまったく慣れていない。結局手代たちに任せるしかなかった。

「どうだ」

扇太郎としてはどうでもいいことだが、鳥居耀蔵の指示に逆らうわけにはいかない。扇太郎は進捗を問うた。

「いくつかありましたが……」

大潟が書付を三枚取り出した。

「一つは二十年前でございますな。先手組の同心が、株を町人に売ろうとしたかどで改易となっておりまする」

「そいつはいくつだ」

「当時五十六歳とございますので、今は七十六歳でございましょう」

「違うな。屋敷に忍びこんで火をつけるには、かなりの体力が要る。そいつに子供は」

「いないので、株を売ろうとかんがえたのでございましょう」

「それもそうか」

言われた扇太郎は納得した。

株とは、同心、与力など身分の低い幕臣の資格のことだ。幕臣とは名ばかりで、将軍に目通りもできないだけに、規律も甘かった。

禄高も低いので、生活は貧しく借金も多い。なんとか生きているという境遇から、抜け出したいと考えた者、借金の返済不能に陥った者、これらが、最後の手段として株を売った。

もちろん家名の売り買いなど幕府が許すわけもない。だが、抜け道があった。株を売りたい御家人たちは、買いたいという町人を養子にするのだ。養子としたあと家を譲り、己たちは家格に応じた金を受け取って隠居する。

裕福になったが、身分では武士に勝てない町人たちにとって、株の買い付けは夢であった。

「次は」

先手組の書付を置いて、扇太郎は大潟へ手を出した。

「煙硝蔵奉行であった大竹市右衛門《おおたけいちえもん》。十四年前に職務怠慢のかどで改易となっておりまする」

覚えているのだろう、大潟は書付を見ずに述べた。

「五十四歳でございました」

あわてて大潟が付け加えた。

「煙硝蔵奉行か。ならば火薬については詳しいな」

扇太郎はつぶやいた。

その名のとおり幕府が備蓄している鉄炮、大筒などの火薬を保管する煙硝蔵を管理するのが煙硝蔵奉行である。火薬に精通していなければできなかった。

「職務怠慢の理由は……煙硝蔵中間が、蔵の前で煙草を吸っていた。冗談だろう」

書付を読んだ扇太郎は絶句した。

煙硝蔵に蓄えられている火薬は、かなりの量になる。それに火が入れば、江戸城は丸焼けになりかねなかった。

「こいつはどうしている」

「亡くなっておりまする。よほど改易が衝撃だったのでしょう。闕所が終わる前に……」

辛そうな顔を大潟が見せた。

「そうか。家族は」

「娘が一人おりましたが、闕所の終了とともに預けられていた親戚の屋敷を出て、今は行き方知れずでございまする」

「いたたまれなくて当然か」

罪を得た者に縁者は冷たかった。八代将軍吉宗によって連坐《れんざ》は禁止されたとはいえ、名をなによりとする武家にとって、罪を得た一門は迷惑以外のなにものでもなかった。

「最後は」

扇太郎は大潟を急かした。

「これでございまする。玉薬奉行同心槙野芳太郎《まきのよしたろう》。五年前に不行跡を理由に改易となっておりまする」

大潟がそらんじた。

「不行跡は、博打《ばくち》でございまする。博打で借金を作ったことがばれて、改易と」

「そんなもの今時珍しい話じゃあるまいに」

百万石の前田家から三十俵二人扶持の同心まで、ほとんどが借金を持っていた。

「槙野の場合は、借りた相手がまずかったようで。借金の取り立てで組屋敷まで来まして騒いだとか。それが組頭さまの耳に入ったので」

金を返してもらうのが商売の借金取りである。取りはぐれにつながる家を潰すようなまねをすることはまずない。それでも借り手が無道なときなどは、見せしめのため思いきった行動にでることもあった。

「くわしいな」

書付にものっていない事情を大潟が知っていることに、扇太郎は疑問を感じた。

「闕所を担当いたしましたので」

笑いながら大潟が語った。

「なるほどの。ならば槙野がその後どうなった」

「さすがに現在までは存じませぬが、改易になった後、本所に移り住んだと。槙野は独り者でございました。親戚筋も借金を抱えた槙野に手は伸ばさなかったようで」

大潟が告げた。

「ご苦労だった。少し出てくる」

扇太郎は、大潟をねぎらうと深川の顔役水屋藤兵衛を訪れた。

「先日はすまなかったな。これで皆に暑気払いの酒でも振る舞ってやってくれ」

懐から扇太郎は小判を三枚出した。矢組の死体を藤兵衛に頼んで始末してもらった代金であった。

「これはお気遣いを。ありがたくちょうだいさせていただきまする」

藤兵衛は遠慮せず、小判をいただいて、懐へしまった。

「一つ頼みがある」

「なんでございましょう。本所深川におけることなら、お力になれるやも知れませぬが……」

「もと幕府玉薬奉行同心の槙野芳太郎が、本所にいるらしい。どこかわからぬか」

「槙野芳太郎……ちょいとお待ちを。おい、貞《さだ》」

手を叩いて藤兵衛が配下を呼んだ。

「へい」

廊下で配下が膝を突いた。

「十一番の頭を呼んできておくれ」

「承知いたしやした」

命を受けて貞が駆けていった。

「思い当たる奴がいるのか」

「おそらくあの野郎だと思うのでございますが、しばし、お待ちを」

藤兵衛が、薬缶のお湯で茶を淹《い》れた。

「暑いときこそ、熱いものがよいとか」

「かたじけないと言いたいところだが、真夏に湯気のたってる茶は勘弁してくれ」

手を出すのも嫌だと扇太郎は首を振った。

「いけませんな。まだお若いゆえ、冷えたものを好まれるのでございましょうが。本来身体は温かいもの。冷やしすぎはよろしくありませぬ」

笑いながら藤兵衛がたしなめた。

「冷やしすぎると、淡泊になると申しまする。榊さまもそれは困られましょう」

「………」

頬をひきつらせた扇太郎が熱い湯飲みに口をつけた。

しばらく雑談に興じていると、貞が戻ってきた。

「親方お連れいたしやした」

「これは頭、忙しいのに悪いね」

藤兵衛が、頭をさげた。

「いえ。火事がなけりゃ、火消しなんぞ一日煙草を吸うしかすることがござんせんので」

入ってきたのは本所深川十一番組の頭であった。

「頭、こちらは安宅町にお屋敷がある闕所物奉行の榊さまだ」

「榊だ。よろしく頼む」

紹介されて扇太郎は名乗った。

「こいつは、後になりやした。十一番組を預からせていただいておりやす。嘉三郎《かさぶろう》でござ
いやす。以後お見知りおきを願いまする」

あわてて嘉三郎が手を突いた。

「親分、槙野芳太郎って名前に覚えがないかい」

藤兵衛が問うた。

「そいつなら、芳造でござんしょう」

「知っているのか」

思わず扇太郎は身を乗り出した。

「へい、一年ほど前まで、うちの組におりやした。といっても雑用でござんしたが」

嘉三郎が答えた。

「一年前まで……」

「放り出したんで。博打好きでどうしようもねえ野郎だったので。うちの組は博打を禁じ
ておりやす。火事場以外で、火消しが熱くなっては話になりやせん」

厳しい口調で嘉三郎が言った。

博打は御法度であった。幕府の権威が落ちるにつれ、寺や大名の下屋敷など、町方の入

れないところで毎夜のように賭場《とば》が開かれていたが、表沙汰になれば無事ではすまなかった。賭場は、密かに開かれ、一見《いちげん》の客は受け入れないのが普通であった。

「どこに住んでいる」

「本所緑町三丁目の長屋で」

「最初に火が出た近くじゃないか」

扇太郎は息をのんだ。

「旦那」

声を低くして嘉三郎が、呼んだ。

「ずいぶん気になることを言ってくださいやすが。芳造の奴が、火を付けたと」

雰囲気の変わった嘉三郎に、扇太郎は手を上げた。

「まだそうだと決まったわけじゃない」

「いいえ、承知できやせん。もととはいえ、十一番組にいた奴が、火付けをしたとなれば、あっしの面子《メンツ》にかかわりやす。さっそくにも芳造の野郎を締めあげなきゃいけやせん。深川の親方、ごめんなすって」

急いで嘉三郎が腰をあげた。

「待ちな」

黙って聞いていた藤兵衛が、鋭い声を出した。

「親方……」

「座りな」

藤兵衛が命じた。

「いいかい。お奉行さまが、わざわざお見えになったんだ。町方の旦那衆じゃない榊さまがだ。裏になにかあるとわからねえのか」

「ですが……」

嘉三郎が抗弁しようとした。

「おめえを呼んだのは、わたしだよ。そのわたしの顔を潰すつもりかい」

いっそう藤兵衛の声が低くなった。

「そんなつもりは……」

顔色を変えて嘉三郎が否定した。

「わかってくれたかい。といったところで、このままじゃ、火消しの頭としての面目がたたねえな。榊さま」

「……なんだ」

顔役の迫力を目の当たりにして、扇太郎は息をのんだ。

「芳造には、わたくしのほうで人をつけさせやす。万一、芳造が新しい火付けをするようならさすがに……」

「わかった」

今、町奉行所へ駆けこまれたのでは、一連の火付けを手柄にしたい鳥居耀蔵のもくろみが崩れる。手柄を失った鳥居耀蔵の八つ当たりを扇太郎は受けたくなかった。

「火付けをしたなら、すぐに芳造を捕らえてくれていい。でなく、どこかへ移るようなら、必ず報せて欲しい」

「それはもちろんでございますとも。それでいいね、頭」

「へい」

嘉三郎も承知した。

「すまぬな」

扇太郎は、嘉三郎へ詫びた。

「頼みやすよ。火事は、一度で多くの者の命、財産のすべてを奪いやす。決してあっちゃいけねえものなんで」

嘉三郎が述べた。

「わかった」

そう言うしか扇太郎にはなかった。

その夜、扇太郎は、鳥居耀蔵に報告した。もちろん、深川の顔役を頼ったなど、つごうの悪いことは、しっかりと隠した。

「おそらく槙野芳太郎の仕業と思われまする」

「博打好きか。そいつが火付けをするとなれば、病ではなさそうだな」

「病でございまするか」

鳥居耀蔵の言葉に扇太郎は首をかしげた。

「火付けをおこなう者の多くが、なんの目的もないことを知っておるか。あやつらは、単に火を見たいだけ。そのために火付けをするのだ。火はすべてを破壊する。その力を己が持っていると思いこみたいのだろう」

「そんなことが……」

理解できないと扇太郎は首を振った。

「己のわからぬことを否定するようでは、いつまで経っても道具のままぞ。人の世は、生涯かけても知り尽くすことはできぬ。新しい知識を受け入れていかねば、上にのぼることなどかなわぬ」

「……はい」

扇太郎にこれ以上出世する気などはなかった。だが、それを口にすると、鳥居耀蔵から叱責される。扇太郎はただ首肯した。

「で、どう手を打ったのだ」

「確たる証拠もなく、捕まえることは、よろしくないかと存じまして……」

「そうだ。捕まえて無実であったとなっては、余の経歴に傷が付く」

鳥居耀蔵がうなずいた。

「つぎに芳造が火付けをおこなったところを捕縛すればいい」

「はい」

そのつもりだったと扇太郎は答えた。

「ふむ。そなたにしては上出来じゃ。旗本屋敷のことは、目付の管轄。町奉行などに手柄をとられてはたまらぬ」

満足そうに鳥居耀蔵が、扇太郎をほめた。

「よいか。芳造が動いたならば、すぐに余へ報せよ」

「承知しておりまする」

扇太郎は応じた。

四

三日後、日の暮れかけに水屋藤兵衛の配下、貞が屋敷へ飛びこんできた。

「芳造が、動きやした」

「なにっ。どこへ行った」

扇太郎は焦った。火をつけられてしまっては、藤兵衛へ顔向けができなくなる。

「それが、昼過ぎに人が来たかと思えば、そいつについて、寛永寺門前町の酒屋へ」

「酒屋だと」

「へい。半刻ほどして出てきた芳造の野郎、ずいぶんこぎれいな身形になって、まるで酒屋の番頭のような姿で、主らしい男の供で……」

貞が話すのを待ちきれないとばかりに、扇太郎は問うた。

「どこへ向かった」

「西の丸下ご老中水野越前守さまのお役宅へ」

「なんだと」

扇太郎は、貞を残して、屋敷から飛び出した。

「お目付さまは」

下谷新鳥見町の鳥居屋敷へ扇太郎は、駆けつけた。

「まだお戻りではございませぬ」

顔馴染みの中間幸造が、首を振った。

「下城をお待ちしている暇がない。お目付さまを探しながら行くが、もし入れ違いになったならば、西の丸下水野越前守さまお役宅と伝えてくれ」

「はい」

幸造が首肯するのを見ることなく、扇太郎はふたたび走り出した。

下谷新鳥見町から江戸城大手門までの通行路は決まっていた。四角四面を看板としている目付が順路を変えるはずはない。

鳥居屋敷からならば、下谷広小路を進んで、昌平橋を渡り、神田橋御門を経て、大手御門に至る。

小人目付だったころに何度か供したことがある扇太郎は迷わずになぞっていった。

「だめか」

大手御門まで鳥居耀蔵と会うことはなかった。

布衣格として馬に乗ることも許される目付は、登城下城に槍持ち一人、若党二人、中間二人、馬のくつわ取りと草履取り一人ずつ、合わせて七人の供を連れている。扇太郎が見逃すことはなかった。

「いたしかたなし」

扇太郎は鳥居耀蔵との邂逅《かいこう》をあきらめた。

大手御門の番をしている甲賀者や書院番同心に伝言を頼むことはできなかった。鳥居耀蔵と扇太郎がつながっていることを知っている者は何人かいた。しかし、それを大っぴらにするようなまねは、扇太郎の身分を危なくした。

峻厳《しゅんげん》で聞こえた鳥居耀蔵を阻害したがる役人は多い。とくに鳥居耀蔵が狙っている勘定奉行、町奉行からは、蛇蝎《だかつ》のごとく嫌われていた。

その鳥居に近い者と公言するようなまねは、扇太郎の地位を危なくした。たかが闕所物奉行である。町奉行や勘定奉行ならば、手を振るだけで罷免できる。なによりそうなったとき、鳥居耀蔵は決して手助けしてくれない。鳥居耀蔵にしてみれば、扇太郎の代わりなどいくらでもいるのだ。

扇太郎は西の丸下まで、急いだ。

日が落ちてかなりの刻が過ぎていた。しかし、水野越前守忠邦の屋敷前には、まだ人気《ひとけ》があった。

実権はまだ大御所のもとにあるとはいえ、老中の持つ力は大きい。幕府になにかしらの便宜を願う大名や、出世を願う旗本たちが、毎日のように水野越前守を訪れては、願いごとをしていった。

「間に合ったか」

屋敷の門が見えたところで、扇太郎は息をついた。

「榊さまで」

辻から一人の男が姿を現した。

「水屋どのが手の者か」

すぐに扇太郎は思い当たった。

「へい。与助《よすけ》と申しまする」

「ご苦労だな。で、どうだ」

役宅の門から目を離さず、扇太郎は問うた。

「野郎が入って行ってから、ざっと一刻半（約三時間）になりやす」

与助が言った。

「一刻半か、貞にはずいぶん無理をさせたな」

西の丸下から深川まで一里と二十丁（約六・二キロメートル）ほどある。かなりの距離を貞は駆けて報せてくれたと扇太郎は知った。

「……榊さま」

小さく与助が扇太郎の袖を引いた。

「今出てきた商人風の男、あいつが芳造と一緒に来た奴で」

「二人だな。手代風の若いのを連れているが、あれは芳造じゃ」

「ございません。芳造はもう少し背が低く、顔に大きなほくろがございますので、すぐにわかりやす」

与助が否定した。

「なかに残ったか、今夜やる気だ」

扇太郎は低い声を出した。

「与助、人を走らせて深川の親方に人を出してもらうように頼んでくれ。この西の丸下から出られる馬場先御門、和田倉御門、外桜田御門の三つを見張ってくれと。万一にも芳造を逃がさぬために」

「へい。で、榊さまは」

「水野さまに会ってくる。なんとしてでも火を防がなければならない。でなくば、水屋どのの信頼に応えられぬ」

水屋の手配への礼儀とその決意を残し、扇太郎は水野家の門へと向かった。

すでに門限の暮れ六つ（午後六時ごろ）は過ぎていたが、老中水野越前守の役宅門は大きく開かれていた。

赤々と焚《た》かれているかがり火に照らされながら、扇太郎は門へ近づいた。

「待たれよ。貴殿は」

門番に立っていた藩士が、扇太郎を差し止めた。来客が多い老中だけに不審者への対応も厳しいのは当然であった。

「闕所物奉行榊扇太郎でござる」

扇太郎は足を止めて名乗った。

「……闕所物奉行どのが、なに用でございましょう」

いかに老中の家臣であっても陪臣である。御家人の扇太郎より一段格は落ちた。藩士は丁寧な口調で問うた。

「ご老中さまへ直接申しあげたい」

「それは困りまする。用件もわからず、お通ししたとなれば、我らが殿より叱られまする」

藩士は引き下がらなかった。

「御用のことでござるぞ」

幕府の役目にかかわることだと扇太郎は念を押した。

「お言葉だけでは、信用いたしかねまする」

はっきりと藩士が拒絶した。

「…………」

扇太郎は悩んだ。

「やむをえぬか」

一瞬の躊躇を扇太郎は嘆息とともに捨てた。

「お目付鳥居耀蔵さまが、使いとお伝え願いたい」

自ら扇太郎は鳥居耀蔵とのつながりを口にした。

「鳥居さまの」

藩士の顔に変化が出た。鳥居耀蔵は水野越前守による引きで出世することを願って、頻繁に屋敷を訪れていた。

「火事にかんする報告とも付け加えられたい」

扇太郎は加えた。

「お待ちあれ」

どこでも火事への対応で大変なときである。藩士は態度を変えた。

玄関を入った脇の客待ちへ、扇太郎を案内したあと、藩士は奥へと消えていった。

「…………」

客待ちにいた数人の武家が、声もなく扇太郎を見た。

「…………」

黙礼を返して、扇太郎は客待ちの隅へ腰を下ろした。

「伊藤さま」

襖が開いて、水野家の用人が客を呼んだ。

「お先でござる」

小さく伊藤がつぶやいて、客待ちを出て行った。

「川崎さま」

しばらくして別の客へ用人が声をかけた。

「まだか」

じりじりしながら扇太郎は待った。

「早川さま」

ついに残っていた最後の客の番となった。

「間に合うのか」

扇太郎は焦った。しかし、順番を抜かせとは言えなかった。扇太郎の身分から行けば、客待ちに通されただけで、異例なのだ。

一生でもっとも長い待機だった。

「ごめんを」

別の客が案内されて部屋へ入ってきた。商人らしい中年の男は、先客である扇太郎へ挨拶をした。

「…………」

黙って扇太郎は答礼した。

「逢坂《おうさか》屋」

扇太郎を飛ばして商人が招かれた。

「くっ……」

それでも扇太郎は文句を言えなかった。御家人と老中にはそれだけの差があった。

「早く来い、鳥居」

口のなかで扇太郎は、鳥居耀蔵の登場を初めて願った。

客待ちに入って半刻（約一時間）以上が過ぎた。

「榊さま」

ようやく扇太郎の番が来た。

あわてて客待ちを出た扇太郎は、用人に止められた。

「太刀をお預かりいたしまする」

「わかった」

扇太郎は腰に回していた下緒を外して、太刀を鞘ごと抜いた。

「では、こちらへ」

控えていた藩士へ太刀を渡した用人が、扇太郎の先に立った。

「闕所物奉行、榊扇太郎さまをお連れいたしましてございまする」

書院の前で用人が膝を突いた。

「通せ」

なかから許可が出た。

「ごめんを」

扇太郎は書院に入って、襖際で平伏した。

「闕所物奉行……」

「密談であろう。そのために他の客を先にした。そこでできる話ではないはずじゃ。無駄なときを喰うな。参れ」

持ち帰った仕事の書付に目をやりながら、水野越前守が命じた。

「はっ」

言われて扇太郎は脇差を鞘ごと外して置き、前へ進んだ。

「鳥居耀蔵の下で働いていると聞いている。火付けの下手人を見つけたか」

水野越前守は扇太郎の用件を当てた。

「ご当家に入り込んでおりまする。すぐに邸内をお検《あらた》めくださいませ」

「慌てるな。今までの火付けはすべて、屋敷の者が寝静まった夜半に起こっている。我が家はまだ眠りについておらぬ。動き出すまで余裕があろう」

急ぐ扇太郎を水野越前守がなだめた。

「それで……」

扇太郎は、己の面談が最後となった理由を理解した。

「少なくとも我が家臣ども以外の者がおらなくなるまで、派手な動きはできぬ。手島《てしま》」

そこまで言って、水野越前守が用人を呼んだ。

「これ以降の出入りを禁ずる。大門を閉めよ」

「承知いたしましてございまする」

「大門の周囲に人を配するな。警固が増えれば、下手人は動くまい。我が家で捕まえておかねば、ほかに被害が出る」

「はっ」

水野越前守が的確な指示を出した。

「五名ほど外へ出せ。屋敷から逃げ出す者がいたら捕らえさせよ。できるだけ生け捕りにせい。ただ、手向いするならば斬ってよい。迅速に手配せねばならぬが、気取られぬようにいたせ」

「ただちに」

首肯した用人手島が、駆けていった。

手にしていた書付を置いて、水野越前守が扇太郎を見た。

「榊と申したな」

「はっ」

「話せ」

短く水野越前守が説明を求めた。

「はあ」

鳥居耀蔵のいないところで直接水野越前守へ経緯を語る危うさに扇太郎は危惧した。

「安心いたせ。鳥居へは余が取りはからう」

水野越前守が、扇太郎の逡巡《しゅんじゅん》を見抜いた。

「はっ。このような……」

扇太郎は経緯を告げた。

「なるほどな」

聞き終わった水野越前守が、微妙な表情を浮かべた。

「儂が目的だったというわけか。やくたいもないことをしてくれるわ」

水野越前守があきれた。

「己のことばかり考えおって、幕府の百年を見ておらぬ。これだから小人どもは度し難いのだ」

長崎警固の任を持つため、老中や若年寄になれない実高二十万石の唐津藩から収入の激減を覚悟のうえで、浜松へ転封を願ったほど、水野越前守は政に意を注いでいた。

「殿、お話中恐れいりまするが」

手島が廊下で手を突いた。

「なんだ」

「お目付鳥居耀蔵さまが、お見えでございまする」

「通せ」

水野越前守が許可した。

「わたくしは……」

「そこにおれ」

別室へ下がろうとした扇太郎を、水野越前守が止めた。

「同席ははばかられまする」

鳥居耀蔵の嫉妬を扇太郎は懸念していた。

「いないほうがまずいのではないか。鳥居は疑り深いぞ。余から直接命を受けたと勘ぐるやも知れぬ」

「…………」

水野越前守の言葉に、扇太郎は反論できなかった。

「ご免を」

手島に案内された鳥居耀蔵が書院へやって来た。

「来たか」

目で水野越前守が座れと合図した。

「同席とは畏れ多いことを」

座るなり鳥居耀蔵が、扇太郎を叱った。

「よい。他人に聞かせぬことを語らせたのだ。近づけずしてどうするのだ」

「わたくしが参りますまで、待てば……」

「……鳥居。余を失望させてくれるな」

冷たい声で水野越前守が言った。

「この者を手配したのは、そなたであろう。おかげで火付けの下手人を捕まえることができる。さらにその裏を知れれば、吾が政を邪魔する者を排除できよう。大手柄ぞ、鳥居」

水野越前守が鳥居耀蔵を賞賛した。

「恐れ入りまする」

鳥居耀蔵が平伏した。

「町奉行は下手人の影さえ見つけておらぬ。情けないことじゃ。とても将軍家のお膝元を守らせるに値せぬ。そなたの爪の垢《あか》でも煎《せん》じて飲まさねばな」

「ははっ」

感激の声を鳥居耀蔵があげた。

「では、用件はすんだ。帰るがいい」

水野越前守が手を振った。

「なにを仰せられまする。火付けの下手人がお役宅に潜んでおるのでございましょう。わたくしがいぶりだしてご覧にいれまする」

「不要じゃ」

鳥居耀蔵の申し出を水野越前守が一言で切って捨てた。

「なんと」

驚愕の声を鳥居耀蔵があげた。

「目付がおるのに、下手人が動き出すか。向こうから出て来るように仕向けねば、みょうなところで火を出されては困るではないか」

「火をつける場所がわかっておられますので」

鳥居耀蔵が訊いた。

「儂を追い落とすために一連の火事騒ぎがあったとしたならば、火をつけるのは大門以外ない。老中として政を差配するために上様より与えられた役宅の顔である大門を焼いたとなれば、余はただですむまい。老中を罷免されるだけではすまぬ。よくて謹慎、悪ければ減禄のうえ遠隔地へ転封じゃ」

「……………」

無言で鳥居耀蔵が聞いた。

「大門ならばそれですむ。もし、裏に火を付けられたらどうなる。役宅の裏は大御所さまのおられる西の丸じゃ。火の粉一つ飛んだだけで、余は終わる。と同時に火付けを企んだ者もな」

水野越前守が述べた。

「そなたの功績はこの度の火付けに対して一番手柄よ。あとのことは、余に任せよ」

「はっ。承知いたしましてございまする」

鳥居耀蔵が平伏した。

「では、これにて」

腰をあげた鳥居耀蔵に従って、扇太郎は立ちあがった。

「榊、そなたは残れ」

「……はあ」

命じられた扇太郎は、間抜けな答えを返した。

「なぜこのような者を……」

鳥居耀蔵も絶句していた。

「たわけどもが。こやつでなくば、下手人が誰かわからぬであろう。下手人の人相を知っているのはこいつだけなのだぞ」

水野越前守が嘆息した。

行列を率いて鳥居耀蔵が帰っていった。

残された扇太郎は、大門を見渡すことのできる玄関の奥で身を潜めた。

遅くまでざわついていた屋敷のなかも、夜半（午前零時ごろ）には静まった。

「あれは……中間か」

さらに一刻（午前二時ごろ）経ってようやく動きがあった。

「暗くてほくろまで見えぬぞ」

扇太郎は、困った。

「どうする。もし違えば、下手人に待ち伏せを報せることになる」

じっと中間の動きを見ながら、扇太郎は悩んだ。

中間が懐からなにかを出し、門のあたりに撒き始めた。たっぷりと撒いた後、中間が手にしていた風呂敷包みをほどいた。包みのなかから、反故《ほご》や布が落ちた。

そのとき風が少し吹いて、扇太郎のもとへにおいを運んだ。

「これは……火縄か」

扇太郎は玄関の戸を開いて、駆けだした。

「槙野」

「ちっ。ばれてやがったか」

名前を呼ばれて、芳造が吐き捨てた。

「これでもくらいやがれ」

芳造が煙草入れのなかから、火のついた火縄を取り出し、火薬のうえへ投げた。小さな音がして火薬がゆっくりと燃え始め、反古紙へ火をつけた。

一瞬にして、門が明るく照らされた。

「江戸最後の仕事だ。これはおまけよ」

ふたたび懐から芳造は徳利を取り出すと、門へ投げつけた。音を立てて割れた徳利のなかから、油が飛び散った。

「燃えてしまえ」

近づいてきた扇太郎へ、言い残すと芳造は潜り門から逃げだそうとした。

「御門を護れ」

やはり隠れていた水野家の家臣たちが、消火のために飛び出した。

「逃がすか」

火の始末を任せた扇太郎は正宗を一閃《いっせん》して、閉まりかけていた潜り門を斬り飛ばし、勢いのまま駆け抜けた。

「ちっ」

逃げ出そうとしていた芳造が、門前で固まっていた。

「動くな」

水野越前守が手配した家臣たちが、芳造を取り囲んでいた。

「おとなしく縛につけ」

家臣が芳造に太刀を突きつけた。

「くそおお」

芳造が歯がみをした。

「ぎゃっ」

家臣の一人が叫び声をあげて崩れ落ちた。

「こっちだ」

闇のなかから芳造を呼ぶ声がした。

「ありがてえ。親方の助けか」

喜んで芳造が動いた。

「なにやつ」

残った家臣たちが、いっせいに振り向いた。

「……………」

二人の浪人者が姿を見せた。

「矢組の生き残りか」

扇太郎は思い当たった。

「行かさぬ」

逃げ出した芳造へ追いすがろうとした家臣へ、矢組の一人が斬りかかった。

「うわあ」

白刃を抜いたこともない家臣と矢組では勝負にならなかった。家臣は首筋を割られて血を噴いた。

「ううう」

残った家臣たちの足が止まった。

「かたじけねえ。あとはお願《ね》げえしやす。ご免を」

矢組の手元まで逃げた芳造が、挨拶を残して背を向けた。

「ああ。地獄へ行ってこい」

芳造の背中へ、別の一人が太刀を突き立てた。

「ぎゃああ。品川の……おのれええ」

恨みを最後に芳造が死んだ。

「しまった」

扇太郎はほぞを嚙んだ。これで火付けの裏にいる者をあぶり出すことはできなくなった。

「なにをおお」

竦《すく》んでいた家臣たちが、ようやく呪縛《じゅばく》を切った。目の前で下手人を殺されてしまったのだ。責任を逃れることはできなかった。

「よせ」

扇太郎は叫んだ。腕に大きな差があるのだ。さらに頭へ血がのぼった状態で、戦って勝てるはずもない。

「わあああああ」

二人の家臣が、制止を聞かず突っこんだ。

「ふん」

「おう」

矢組二人があっさりと家臣を斬り捨てた。

「…………」

最後の家臣が、震えながらも迫っていった。

「止《よ》せ。死ぬだけぞ」

笑いながら矢組が言った。

「主命を果たせなかったのだ。死して詫びねばならぬ」

家臣が言い返した。

「宮仕えはたいへんだの」

「えさをもらった犬並の忠義はあるらしい」

矢組が笑った。

「笑っていていいのか」

扇太郎は、一気に間合いを詰めた。

「おうやああ」

正宗を小さく振る。

「えっ」

切っ先が一瞬遅れた矢組の一人の首を刎《は》ねた。

「五矢」

残った一人が、あわてて構えた。

「闕所物奉行榊扇太郎。参る」

扇太郎は、名乗りをあげて跳びこんだ。

「こいつが……」

ようやく扇太郎の正体を知った矢組が焦った。

「りゃあ」

焦りが間合いを読みまちがえさせた。矢組の切っ先は、三寸（約九センチメートル）届かなかった。

「甘い」

後の後をとった扇太郎は、切っ先が流れるのを見てから正宗を水平に薙いだ。

「うお」

体勢を崩しながらも矢組が避けた。

「わあああああ」

無理から体勢を戻した矢組が、一歩前へ踏み出し、威嚇《いかく》のように太刀を振り回した。

「…………」

半歩下がって扇太郎は避けた。

「ああああ」

叫んでいた矢組が、不意に背中を向けて逃げ出した。

「行かせるか」

殺気が消えたことに気づいていた扇太郎は、間を置くことなく追った。

「あきらめろ。太刀を捨てて降伏すれば、悪いようにはせぬ」

十分間合いに入ったところで、扇太郎は勧告した。

「やかましいい」

振り向くことなく、矢組が太刀を後ろへ振った。

「愚かな」

前を向きながら後ろが斬れるほど、人の身体は柔らかくない。扇太郎は易々とかわし、正宗で足を払った。

「ぎゃあああ」

両足のふくらはぎを裂かれて、矢組が転んだ。

「見事だ」

背後から賞賛の声がかかった。

「ご老中さま」

水野越前守が家臣を連れて出てきていた。

「そやつを」

「はっ」

命じられた家臣が足を斬られて転がっている矢組を縛りあげた。

「申しわけありませぬ。下手人を死なせてしまいましてございまする」

扇太郎は太刀を背中に回して、膝を突いた。

「いやこれでいいのだ。今、あいつの背後を知ったところで、何もできぬ。かえって窮《きゅう》鼠《そ》猫を噛《か》むの状態に追いこみかねぬ。それに、誰が命じたかなど、わかっておる」

苦い顔で水野越前守が言った。

「…………」

無言で扇太郎は頭を垂れた。

「火付けの下手人を退治した。だけでいいのだ。これで火付けを手段とすることは、もうできまい」

「はい」

扇太郎も同意した。

「それにな。余が火付けの仲間を捕まえたと公表すれば、裏にいた者たちは、いつ己に手が伸びるかと恐れるだろう。当然、表だって派手なことはできなくなる。たとえ一日、二日でも、あやつらがおとなしくしていてくれればいい。ときはいずれ上様のもとへ吉報をもたらす。そのときがあやつらの最後」

「…………」

水野越前守のいうときが、家斉の死であることは、扇太郎にもわかった。

「ご苦労であった。榊であったな。覚えたぞ。あとは任せて、帰るがいい」

「はっ」

ねぎらいを受けて、扇太郎は帰途についた。


屋敷へ戻った扇太郎は、出迎えた朱鷺の機嫌が悪いことに気づいた。

「どうした」

手を伸ばした扇太郎から、朱鷺は逃げた。

「いや」

「なにがあった」

意味のわからない扇太郎は首をかしげた。

「……子ができていなかった」

朱鷺が小さな声でつぶやいた。

「えっ」

扇太郎は意味がわからなかった。

「月のさわりが来た」

さみしそうに朱鷺が告げた。

「そうか。残念だったな」

扇太郎は背を向けた朱鷺へ愛《いと》しさがこみあげてきた。

「機会は、いくらでもある」

扇太郎は後ろから朱鷺を抱きしめた。

〈第四巻『旗本始末』に続く〉

解説

末國善己

住宅ローンの滞納などで差し押さえられた不動産を、金融機関などの債権者の申し立てで裁判所が売却する競売（不動産競売）は、家や土地が安く入手できる一方で、トラブルに巻き込まれる可能性もあるとして広く知られるようになった。また近年は、官公庁が滞納した税金を回収するため差し押さえた財産を売る公売が、インターネットのオークションで行われるケースも増え、より身近になっている。

実は、江戸時代にもこれと似た仕組みがあった。それが闕所《けっしょ》である。死刑、遠島、追放などの刑に処せられた者に、財産を没収する付加刑として下されたのが闕所だった。闕所で没収、売却された財産は幕府の収入になったので、罪を犯した、犯していないの違いはあるものの、闕所は現代の競売や公売に近かったといえるだろう。

競売が注目を集めるようになったのは、一九九〇年代半ばのバブル崩壊によって、長く勤めていれば給料が上がる終身雇用と年功序列のシステムが崩れて住宅ローンの支払いに行き詰まる人が増加、それに土地価格は下がらないという神話も終焉《しゅうえん》し、自分の土地と家を売っても残りの債務が返せなくなったからにほかならない。滞納された税金を補塡するために行われる公売が増えているのも、格差の広がりで税金を払えない人が多くなり、不況で税収が減った官公庁が徴収を強化しているからである。

闕所を題材にした「闕所物奉行 裏帳合」シリーズがスタートしたのは、長引く不景気にリーマン・ショックが追い討ちをかけた二〇〇九年のこと。まさに誰もが、いつ自分の財産が他人の手に渡り、競売や公売にかけられてもおかしくない、と不安に感じていた時期である。時代小説ではほとんど取り上げられてこなかった闕所を、読者が身近に思える絶妙のタイミングで作品に仕立てたところに、著者の作家としての卓越した手腕と、社会を見据える確かな眼を見て取ることができる。

現代の世相を合わせ鏡のようにして作られた物語だけに、主人公もユニークなキャラクターとなっている。これまで著者は、幕府の中では末端に近い小役人だが、剣の腕や真っ直ぐな心を将軍、もしくは重臣に見込まれ、限られた権限や幕閣の権力闘争に苦しめられながらも悪と戦う、組織の中で生きるリアルなヒーローを描いてきた。ところが、「闕所物奉行 裏帳合」シリーズの榊扇太郎《さかきせんたろう》は、自分を引き立ててくれた上役を信頼してもいなければ、（私利私欲ではないものの）合法とはいえない金も受け取るダーティーな面を持ち合わせているのだ。

幕府の旗本、御家人《ごけにん》の不正を取り締まる目付・鳥居耀蔵《とりいようぞう》の下で小人《こびと》目付をしていた扇太郎は、耀蔵に能力が認められ、大目付配下の闕所物奉行に起用された。

奉行と名は付いているが、闕所物奉行は、御目見得《おめみえ》以下の御家人が任命される役職で、就任する者の禄が役高より少ない時に、在職中に限って不足分を加増する足高こそあるが、それ以外に特別な役料はない。奉行所も与えられず、屋敷の一部を役所として使っているので、吹けば飛ぶような立場といえる。しかも、扇太郎の昇進には裏があった。江戸町奉行になるためなら手段を選ばない耀蔵は、手柄になる事件を探させたり、出世の取り引きに使える幕政の裏側を調べさせたりする目的で、扇太郎を闕所物奉行に引き上げたのだ。やがて二人は、それぞれに表に出せば破滅する秘密を握り合う関係になるので、忠義や信頼などは存在していないのである。

耀蔵は後に、庶民にまで倹約と綱紀《こうき》粛正《しゆくせい》を求めた「天保《てんぽう》の改革」の時に、庶民が楽しみにしていた芝居、寄席、戯作、贅沢《ぜいたく》品などを容赦なく取り締まり、失脚してもしぶとく復活したことから、名前の「耀」と天保一二（一八四一）年に叙せられた官命の「甲斐守《かいのかみ》」をもじって「妖怪」と呼ばれた〝怪人〟である。その片鱗《へんりん》は、本シリーズの随所に描かれている。扇太郎も、〝怪人〟にして、幕臣の生殺与奪の権を握る目付でもある耀蔵と正面から戦うのは難しい。そこで扇太郎は、自分が使える道具である間は、耀蔵も手を出さないと考え、耀蔵の期待に応えながら、反撃の機会をうかがっている。二人の息詰まる駆け引きも、シリーズの読みどころとなっている。

結果を出さなければならないプレッシャーに耐えながら、耀蔵の命令と闕所物奉行としての職務に邁進《まいしん》する扇太郎は、成果主義が導入され、失敗すればリストラされるかもしれない緊張感の中で仕事をすることが多くなった現代日本の勤め人に近い。

また扇太郎は、闕所で没収された財産を競売する際の入札権を持つ天満屋孝吉《てんまやこうきち》に、便宜をはかる代わりに競売代金の一部のキックバックを受けているが、その金は配下の手代の面倒を見る経費に充てられることも多い。これも部下と一緒の時は飲み代を全額出さなければならない場合もある、現代の中間管理職を彷彿《ほうふつ》させる。

それだけに、上役の心変わり、職務上の失態などでいつ首を切られるか分からない（扇太郎は、文字通り命を奪われる危険がある）危うい状況に苦しみ、十分な経費が与えられず持ち出しで何とかしのいでいることへの不満を持っている扇太郎には、宮仕えをしている読者は共感も大きいのではないだろうか。何より、幕府から禄をもらっているものの忠誠心は薄く、時に汚い金を受け取ることもあるが一線を超えない絶妙なバランス感覚を持つリアリストの扇太郎が、権力の〝魔〟をかわし、愛する女性・朱鷺《とき》を守りながら巨悪と戦う展開が痛快に思えるのである。

「闕所物奉行 裏帳合」シリーズがスタートしてから十年近くが経《た》ったが、所得格差は広がり、労働者を使い捨てにする企業も減ったとはいえない。その意味で、物語の根幹に置かれた闕所と主人公の造形は、今も輝きを失っていない。景気が回復しているという政府見解とは裏腹に、多くの現代人がその実感が持てないでいる二〇一六年に、浪人の諫山左《いさやまさ》馬介《まのすけ》を主人公にした「日雇い浪人生活録」シリーズを始めた著者が、新装版とするシリーズに「闕所物奉行 裏帳合」を選んだのは必然だったといえる。

新装版「闕所物奉行 裏帳合」は、既に岡場所が闕所になった事件が巨大な陰謀に繋《つな》がる第一弾『御免状始末』、蘭学者を弾圧した「蛮社の獄」の裏側に蠢《うごめ》く陰謀が暴かれる第二弾『蛮社始末』が刊行されている。放火の隠語「赤猫」をタイトルにした第三弾となる本書『赤猫始末』は、武家屋敷が連続して焼失する事件が描かれる。

木造家屋が建ち並び、冬場は空気が乾燥する江戸は、喧嘩《けんか》と並ぶ〝江戸の華《はな》〟とされるほど火事が多く、明暦《めいれき》の大火（一六五七年）、明和《めいわ》の大火（一七七二年）、文化《ぶんか》の大火（一八〇六年）のように多くの死傷者を出す大規模火災に何度も見舞われている。そのため上は将軍から下は庶民まで火の取り扱いには気をつかい、放火には火罪（火あぶりによる死刑）という厳罰が下された。ただ失火は誰もが起こす可能性があることから、あまり重い罪には問われなかったようだ。

本所に住む旗本の水島外記《みずしまげき》の屋敷から火が出て、武家屋敷と町屋がいくつか焼け落ちる延焼の被害が出た。続いて、八丁堀の旗本・青木一馬《おうぎかずま》の屋敷からも火が出る。どうやら二軒とも特殊な方法で放火されたらしい。それなのに水島家と青木家は改易、闕所となり、財産の没収と売却を扇太郎が担当することになった。二人は、将軍位を徳川家慶《いえよし》に譲ったものの、いまだ大御所として隠然たる力を持つ家斉《いえなり》のお気に入りで、家斉が一声かければ処分が軽くなったはずだが、なぜかそのまま改易となった。扇太郎の調べで、外記と一馬は莫大な財産を隠していたことが判明、さらに不可解なことに、直属の上司である大目付の山科美作守《やましなみまさかのかみ》は、二人の闕所競売で作った金を、本来収めるべき勘定奉行ではなく、自分に渡せという。

今回の闕所は明らかに政治がらみの危険な案件なので、扇太郎はかかわりを避けたいが、上司の命令には逆らえない。そして放火の裏に陰謀があると睨《にら》んだ耀蔵も、扇太郎に調査を命じる。その頃から扇太郎は、メンバーの暗号名に「矢」の文字を使う凄腕《すごうで》の刺客集団「矢組」の襲撃を受け、江戸の裏社会を牛耳ろうと画策している扇太郎の宿敵・狂い犬の一太郎《いちたろう》も暗躍を始める。

事件を調査する捜査官が命を狙われる展開は、時代小説ではお馴染みだ。ただ暗殺が有効なのは、捜査官を排除すれば事件が闇に葬れたり、陰謀が順調に進むからだが、貧乏役人で権限も少ない扇太郎を排除してもさほどメリットはない。それなのに、なぜ扇太郎は命を狙われるのか？　「矢組」の目的と連続放火の繋がりが分からず、扇太郎の調査を嘲《あざ》笑《わら》うかのように次々と放火事件が起こり、その動機も不明のまま物語が進むだけに、謎あり剣戟ありの中盤のサスペンスは圧倒的である。

前作では、「蛮社の獄」という歴史的な事件が背景に置かれていたが、本書でも、将軍在位五十年の長期政権を維持し、大御所になっても没するまで実権を握り続けた家斉の残した〝負の遺産〟の処理という大問題がからんでいる。幕府重鎮の頭を悩ませた史実を使った謎解きと、その先に置かれた意外な真相には衝撃を受けるはずだ。

放火事件には、組織の中で上に行くためなら家臣やライバルを容赦なく切り捨てる幕府の要人と、武士の矜持《きょうじ》、忠義を全否定し、金と個人の力しか信じない一太郎を両極端にして、組織の内で様々な葛藤を抱きながら生きている数多くの人物がからんでいる。この中を、政争からは一定の距離を置き、清濁併《せいだくあわ》せ呑《の》む度量を持つが、武士としての倫理観、人としての常識からは絶対に逸脱しない扇太郎が動きまわる構図は、組織に忠義を尽くせば老後まで面倒を見てくれた時代が終わり、労働者が消耗品のように扱われるようになった現代に、組織と個人の関係はどのようにあるべきかを問い掛けているのである。これは、シリーズ全体にかかわるテーマが明確になったといっても過言ではない。

後に耀蔵は、水野忠邦《みずのただくに》の下で「天保の改革」の大弾圧を進めるが、扇太郎は放火事件を捜査したことによって、この忠邦の目に止まってしまう。シリーズ中盤の転換点となる本書以降も、扇太郎の苦しみながらの活躍は続くので、新装版「闕所物奉行 裏帳合」の次なる物語を楽しみにして欲しい。

（すえくに・よしみ　文芸評論家）

中公文庫

新装版《しんそうばん》
赤猫始末《あかねこしまつ》
——闕所物《けっしょもの》奉行《ぶぎょう》 裏帳合《うらちょうあい》（三《さん》）

2010年8月25日　初版発行
2017年11月25日　改版発行

著　者　上《うえ》田《だ》秀《ひで》人《と》

発行者　大橋善光

発行所　中央公論新社
〒100-8152　東京都千代田区大手町1-7-1
電話　販売 03-5299-1730　編集 03-5299-1890
URL http://www.chuko.co.jp/

DTP　平面惑星
印　刷　三晃印刷
製　本　小泉製本

Published by CHUOKORON-SHINSHA, INC.
Printed in Japan　ISBN978-4-12-206486-7 C1193

中公文庫既刊より

各書目の下段の数字はISBNコードです。978－4－12が省略してあります。

う-28-7
孤闘　立花宗茂
上田秀人
武勇に誉れ高く乱世に義を貫いた最後の戦国武将の風雲録。島津を撃退、秀吉下での朝鮮従軍、さらに家康との対決！　中山義秀文学賞受賞作。〈解説〉縄田一男
205718-0

う-28-8
新装版　御免状始末　闕所物奉行　裏帳合㈠
上田秀人
遊郭打ち壊し事件を発端に水戸藩の思惑と幕府の陰謀が渦巻く中を、著者史上最もダークな主人公・榊扇太郎が剣を振るい、謎を解く！　待望の新装版。
206438-6

う-28-9
新装版　蛮社始末　闕所物奉行　裏帳合㈡
上田秀人
榊扇太郎は闕所となった蘭方医、高野長英の屋敷から、倒幕計画を示す書付を発見する。鳥居耀蔵の陰謀と幕府の思惑の狭間で真相究明に乗り出すが……。
206461-4

す-25-27
手習重兵衛　闇討ち斬　新装版
鈴木英治
江戸白金で行き倒れとなった重兵衛は、手習師匠・宗太夫に助けられ居候となったが……。凄腕で男前の快男児が謎を斬る時代小説シリーズ第一弾。
206312-9

す-25-28
手習重兵衛　梵鐘　新装版
鈴木英治
手習子のお美代が消えた⁉　行方を捜す重兵衛だったが……（「梵鐘」より）。趣向を凝らした四篇の連作が織りなす、人気シリーズ第二弾。
206331-0

す-25-29
手習重兵衛　暁闇　新装版
鈴木英治
旅姿の侍が内藤新宿で殺された。同心の河上が探索を進めると、重兵衛の住む白金村へ向かう途中だったらしいと分かったが……。人気シリーズ第三弾。
206359-4

す-25-30
手習重兵衛　刃《やいば》舞《まい》　新装版
鈴木英治
親友と弟の仇である妖剣の遣い手・遠藤恒之助を倒すため、新たな師のもとで〈人斬りの剣〉の稽古に励む重兵衛だったが……。人気シリーズ第四弾。
206394-5

す-25-31
手習重兵衛 道中霧 新装版
鈴木英治
親友殺しの嫌疑が晴れ、久方ぶりに故郷の諏訪へ帰れることとなった重兵衛。母との再会に胸高鳴らせる彼を、妖剣使いの仇敵・遠藤恒之助と忍びたちが追う。
206417-1

す-25-32
手習重兵衛 天狗変 新装版
鈴木英治
重兵衛を悩ませる諏訪忍びの背後には、三十年ごしの因縁が——家中を揺るがす事態に、重兵衛、左馬助、惣三郎らが立ち向かう。人気シリーズ、第一部完結。
206439-3

な-65-6
もののふ莫迦
中路啓太
豊臣に故郷・肥後を踏みにじられた軍人・岡本越後守と、豊臣に忠節を尽くす猛将・加藤清正が、朝鮮の戦場で激突する！「本屋が選ぶ時代小説大賞」受賞作。
206412-6

な-65-1
うつけの采配（上）
中路啓太
関ヶ原の合戦前夜——。誰もが己の利を求める中、ただ一人、毛利百二十万石の存続のため奔走した男・吉川広家の苦悩と葛藤を描いた傑作歴史小説！
206019-7

な-65-2
うつけの采配（下）
中路啓太
小早川隆景の遺言とは正反対に、安国寺恵瓊の主導により天下取りを狙い始めた毛利本家。はたして吉川広家は家を守り抜くことができるのか？〈解説〉本郷和人
206020-3

な-65-3
獅子は死せず（上）
中路啓太
加藤清正ら名だたる武将にその武勇を賞賛された武将・毛利勝永。関ヶ原の合戦で西軍についたため、領地没収をされた男が、大坂の陣で最後の戦いに賭ける！
206192-7

な-65-4
獅子は死せず（下）
中路啓太
誰より理知的で、かつ自らも抑えきれない生命力を有し、家族や家臣への深い愛情を宿した戦国最後の猛将の生涯。『うつけの采配』の著者によるもう一つの傑作。
206193-4

な-65-5
三日月の花 渡り奉公人 渡辺勘兵衛
中路啓太
時は関ヶ原の合戦直後。『もののふ莫迦』で「本屋が選ぶ時代小説大賞２０１５」に輝いた著者が描く、反骨の武将・渡辺勘兵衛の誇り高き生涯！
206299-3